费孝通（1910—2005），江苏吴江人。20世纪中国享有国际声誉的卓越学者。中国社会学、人类学和民族学的重要奠基人之一。曾担任民盟中央主席、全国政协副主席、全国人大常委会副委员长等职。

1930年入燕京大学社会学系，获学士学位。1933年入清华大学社会学及人类学系，获硕士学位。1936年秋入英国伦敦经济学院攻读社会人类学，获哲学博士学位。1938年秋回国。曾先后在云南大学、西南联大、清华大学、中央民族学院、中国社会科学院、北京大学等从事教学与研究。

一生以书生自任，笔耕不辍，著作等身，代表作有《江村经济》《禄村农田》《乡土中国》《生育制度》《行行重行行》《中华民族的多元一体格局》等。

费 孝 通 作 品 精 选

茧

费孝通 著

孙静　王燕彬 译

王铭铭 校

生活·讀書·新知三联书店

图书在版编目（CIP）数据

茧／费孝通著. —北京：生活·读书·新知三联书店，
2021.1（2024.9 重印）
（费孝通作品精选）
ISBN 978 - 7 - 108 - 06940 - 5

Ⅰ．①茧…　Ⅱ．①费…　Ⅲ．①中篇小说－中国－当代
Ⅳ．①I247.5

中国版本图书馆 CIP 数据核字（2020）第 151565 号

责任编辑　冯金红
封面设计　宁成春
版式设计　薛　宇
责任校对　常高峰
责任印制　董　欢
出版发行　**生活·讀書·新知** 三联书店
　　　　　（北京市东城区美术馆东街 22 号　100010）
网　　址　www.sdxjpc.com
经　　销　新华书店
印　　刷　河北鹏润印刷有限公司
版　　次　2021 年 1 月北京第 1 版
　　　　　2024 年 9 月北京第 3 次印刷
开　　本　880 毫米 × 1092 毫米　1/32　印张 5.75
字　　数　112 千字
印　　数　08,001 – 10,000 册
定　　价　58.00 元
（印装查询：01064002715；邮购查询：01084010542）

出 版 前 言

费孝通（1910—2005），20世纪中国享有国际声誉的卓越学者。他不仅是中国社会学、人类学、民族学的重要奠基人之一，而且学以致用、知行合一，一生致力于探寻适合中国文化与社会传统的现代化之路。

在其"第一次学术生命"阶段，从最初的大瑶山到江村，再到后来的"魁阁"工作站，费孝通致力于社会生活的实地研究，继之以社会的结构特征考察，提出诸如"差序格局""家核心三角""社会继替""绅士"及"乡土损蚀"等概念和表述，代表作有《花蓝瑶社会组织》《江村经济》《禄村农田》《乡土中国》《乡土重建》《生育制度》等。在其学术求索中，费孝通与西方学术有关传统与现代的理论构成了广泛对话，而他的现实目标可归结为"乡土重建"，其学术思考围绕如何理解中国社会、如何推动中国社会现代化转型的问题展开。

20世纪50年代，费孝通在共和国民族政策与民族工作的建言与商讨中发挥了重要作用，也亲身参与"民族访问团"和民族识别调查工作。此间，他得以将其在"第一次学术生

1

命"阶段提出的部分见解付诸实践，也得以在大瑶山调查之后，再次有机会深入民族地区，对边疆社会的组织结构和变迁过程进行广泛研究。在其参加"民族访问团"期间参与写作的调查报告，及后来所写的追思吴文藻、史禄国、潘光旦、顾颉刚等先生的文章中，费孝通记录了他在这个阶段的经历。

1978 年，费孝通在二十余年学术生命中断之后获得了"第二次学术生命"。在这个阶段中，费孝通提出了"中华民族多元一体格局"这一有弹性的论述，引领了社会学学科的恢复重建工作，以"志在富民"为内在职志，努力探索中国自己因应世界变局的发展战略。从 80 年代初期开始，费孝通"行行重行行"，接续了他的"乡土重建"事业，走遍中国的大江南北，致力于小城镇建设及城乡、东西部区域协同发展的调查研究。与此同时，他也深感全球化问题的压力，指出我们正处在一个"三级两跳"的时代关口，在尚未完成从乡土社会到工业社会的转型过程之时，又面临着"跳进"信息社会的时代要求，由此急需处理技术的跃迁速度远远超出人类已有的社会组织对技术的需求这一重要问题。在费孝通看来，这不只是一个经济制度问题，同时它也含有社会心态方面的巨大挑战。

20 世纪 80 年代末期，费孝通开始思考世界性的文化关系问题。到 90 年代，这些思考落实为"文化自觉"的十六字表述：各美其美，美人之美，美美与共，天下大同。在全球社会前所未有地紧密接触、相互依赖的情况下，"三级两跳"意味着不同文明状态和类型的社会被迫面对面相处，这必然引起如何构建一种合理的世界秩序的问题。"文化自觉"既包含了文明反躬内省、自我认同的独特观念，有中国文化"和而不同"理想的气质，同时亦是一套有特色的社会科学方法论，含有针对自然／文化、普遍／特殊、一致／差异等一系列二元对立观的不同见解。值得指出的是，这一晚年的思想洞见其实渊源有自，早在其青年时代，人类学与跨文化比较就一直是费孝通内在的视野和方法，这使他从来没有局限于从中国看中国，具体的社区研究也不只是"民族志"，因此他20世纪50年代前写作的大量有关英国和美国的文章，都是以杂感和时论的形式创造性地书写西方，并由此反观中国的历史与现实，加深他对中国社会总体结构的原则性理解，也正是在这个意义上，他才会把《美国人的性格》一书称为《乡土中国》的姊妹篇。

* * *

费孝通一生以书生自任，笔耕不辍，著作等身，"费孝通作品精选"即从他七百余万字的著述中精选最有代表性的作品，凡12种，三百余万字，涉及农村农民问题、边区民族问题、文明文化问题、世界观察、学术反思等多个层面。其中，《江村经济》《禄村农田》《乡土中国》《生育制度》《美国与美国人》《行行重行行》等，均在作者生前单行出版过；《留英记》《中华民族的多元一体格局》《学术自述与反思》《孔林片思：论文化自觉》，则是根据主题重新编选；

《中国士绅》1953 年出版英文版，2009 年三联书店推出中译本；《茧》是近期发现的作者 1936 年用英文写作的中篇小说，为首次翻译出版，对于理解费孝通早期的学术思想与时代思潮的关系提供了难得的新维度。

除首次刊印的个别作品外，均以《费孝通全集》（内蒙古人民出版社，2009 年）为底本，并参照作者生前的单行定本进行编校。因作者写作的时间跨度长，文字、句式和标点的用法不尽相同，为了尊重著作原貌和不同时期的行文风格，我们一仍其旧，不强行用现在的出版规范进行统一。

此次编辑出版，得到了作者家属张荣华、张喆先生的支持，也得到了学界友人甘阳、王铭铭、渠敬东、杨清媚诸君的大力帮助，在此谨致谢忱。

生活·讀書·新知 三联书店

2020 年 9 月

目　录

茧

第一章

————

我打开门，见到又是女房东。

"又怎么了？"

"别拿掉灯上的黑纸，还会有光从窗户里透出来。他们会发现的，要小心些啊，通先生，否则我要倒霉的。"

"太荒唐了！好吧，我这就出门去。烦死人了。"

我关了灯，离开房间。所有的窗户都覆盖着厚厚的窗帘和黑色的纸。女房东跟我说，柏林空防演习要持续将近七日。要我待在这牢笼一般的房间里这么久，连一扇窗户都不开，我不得被自己吐出的烟熏死吗？空中飞机的轰鸣声不断，房间灯光暗如地狱，令人发狂。于是我离开了房间。

只见处处阴森可怖，甚至天上的盈月都在流血般发红。路灯没开，街上一片漆黑，唯有街角转弯处的几盏紫光灯还亮着。车辆移动缓慢，车灯都被遮住了。往昔充满光明活力的夏洛滕堡一夕之间轻易便化成满是哀号的荒漠。

我径自步入康德街，走进天津饭店，我向来喜欢在这里吃晚餐。如今这里的光线也被黑色窗帘遮蔽了。我找了个入口处的角落坐下，就着昏暗的灯光开始读今日晚报。然而自从中日开战以来，还能从一份德国报纸中期待什么新闻呢？他们从来不关心百姓怎么看问题，而相信自己的神圣使命在于为他们同父异母兄弟的暴行辩护。无辜民众的死成了他们荣誉感的来源。我第一次意识到，嗜血成性也可以被说成是人的一种美德。

不经意抬头，我发现那边角落里还坐了一位女士。她的面容如此熟悉，似乎是我从前的校友王婉秋。距离上次聚会见她，已有五年时间了。那时我刚从大学毕业，而她还是个新生。

"王小姐，你怎么在这儿？"我收起报纸，起身换座。

她神色惊讶地说："天哪，是通先生吧，对，我没弄错吧？没想到您也在这里，快请坐。"

时光无情，她衰老了不少，脸上已经难觅年轻人的潇洒快意。她拿起筷子，在桌子上轻轻顿了顿，低着头说："通先生，我听闻您遭遇了意外。两年过去了。时间过得可真快，您现在怎么样？在这儿一切都好吗？"

"过得去吧，当然，没特别糟。世界到处都差不多。不同的可能是，人在自己的国家，不热衷于交友，一到国外，却连熟人也难得见到啊。"

她点点头，并没有说什么。

"不必在意我，你快吃晚餐吧。"我说。

"您点菜了吗？如果不介意的话，咱们一起吃吧。在这里遇见老校友，实在令人惊喜。"她好像记起了竭力想要忘记的人，于是赶忙换了话题："今天有什么新闻吗？"

"有一些，但不是好消息。"

"我不会德文，像个瞎子一样。知道没法期待什么好消息，但坏消息总比没消息好。老是被悬在空中实在累人❶。"

这时候服务生过来打断了我们的对话，我点了一份鸡肉和豆腐。

"这儿的菜不错，就是有点太贵。当然了，比起伦敦的价格还是好些。"我说。

"您去过伦敦？"她问道。

"我只是去那里四处逛逛。谁知道明天我会在哪儿呢。如今世界的任何角落都一样。闭上眼，睡一觉，至少醒来的时候总有个地儿待。"

她似乎并不想继续如此消沉的对话，指了指我的晚报，说："今天有什么消息吗？"

"我翻译给你听。9月10日，上海，是夜，为了纪念奉天[九一八]事变，中国战机轰炸日本的防御工事——王小姐，今天早上你有没有躲进地下室？那时候我还在床上，女房东跑来向我牢骚了许久，'空袭''空袭'——"我继续读新闻，"今早，日军进行报复性轰炸，尤其是针对太湖周边地区。据报，该地工业区损失尤其惨重。"

她瞪大了眼睛看着我。

"你是不是还有家人在苏州，王小姐？"

"没有——那边到底怎么样了？"

---

❶ 原文为"trying"，应为"tiring"的笔误。下文也有数处类似情况，不再一一注明。——编校者

"——甚至城镇内的丝织厂都被炸毁了。据称，日本此举意图摧毁中国的新兴民族工业。"

婉秋手中的筷子应声落下，掉到桌上。她脸色苍白，自言自语道："全毁了。"随即满脸的震惊又如团烟般消失，她挤出极不自然的一丝笑意："还有吗？"

"这还不够吗？你还期待什么？"

服务生端上了我的食物。温热的米饭活络了我们之间冷冰冰的谈话。

我们一同从饭店出来。突然间，数架轰炸机从我们头顶咆哮而过。巨型机翼遮蔽了满月，轰鸣声不绝于耳——如此真实以至于让人忘记了这仅是一场演习。婉秋忽然放声大哭起来，扑到我的臂弯上。

"王小姐，没事的，这只是演习。"

她未应我。过了一会儿，她睁开眼，说："是的，我知道，这只是一场演习。"

"我们要不要去咖啡馆喝一杯？"

在咖啡馆，她告诉了我接下来的故事——对我们来说是故事，于她而言却是真实的人生。

第二章

———

1936年的初夏，在一座介于苏州和杭州之间的小镇上，一间丝厂开张了。这是个富庶的地方，所以古人云"上有天堂，下有苏杭"。

大运河从这座新建工厂前面流过，河上航船满载茧袋（cocoon bags）。工人们在码头卸下茧袋，将其存放在仓库里。茧袋不断流进工厂，好似自己在运动。运动的节奏是有目的设计的，那些扛着茧袋的搬运工人却是被动地劳作着的，毫无自己的设想。

突然，茧袋平顺的流动中断了。一位老孃孃闯入，扰乱了茧袋的运输秩序。工人们想笑，他们乐见这运输被打断，但一时难以适应这变化。机械般的劳作麻痹了他们的大脑，他们终于只是呆呆地站在那儿。

孃孃同样不知所措。她没意识到自己已经扰乱工厂的运转。她忘了自己此时并不在村里，平常在自己的村子里，和劳作中的邻里打招呼是常事。她眼睁睁地看着面前的茧袋越堆越高，老人家没有反应过来，也没有躲开。终于，她转过头去，这才看到有名年轻男子坐在桌子边，正盯着她。孃孃越加困窘。她知道可能是出了什么事，而年轻人正等着她解释。但她舌头打结，不知怎么称呼他。在老家，她可以叫他"小叔子"，可她意识到，此时此地这么称呼他是不妥的。她突然想到可以叫他"先生"。"先生，"她说，"我来找我的儿媳的，她在哪儿呢？"

年轻人并没有随即应答。他正想着村里老人的到来让他松了口气。在此之前，那一行行死气沉沉的数字、重量、尺寸压得他喘不过气来。相比于工人，甚至相比于他自己，眼前这位老妪，多么鲜活真实。

靠近桌子的那些工人也听见了嬢嬢说的？他们争相应答。"儿媳"是个多么令人愉悦的鲜活词语啊。工人们笑着，起哄着。其中一人对嬢嬢说，"那儿"，他指着工厂的大门，"去那里问问，这儿可没人知道你女儿还是儿媳在哪儿。"人群接着又爆发出一阵善意的笑声。

嬢嬢还是不太相信自己问错了地方。这不就是工厂吗，不就是儿媳来上班的地方吗。没错啊。她之前已经问过好几个人，他们都说镇上没有其他工厂。但是，有什么看不见的东西阻碍她进厂子，可她说不清。她站着，笑话起自己："我个戆度，宝珠在这个洋工厂里上班，肯定忙得很，不像乡下的女人，缫丝的时候随时都能停下来搭话。"自责了一番，她冷静了下来。抬头一看，太阳还在头顶上，还不到中午。她不知道宝珠几点下班，不能走得太远。要是今天没见着，她这一天都白费了。于是，她在河岸边一棵大柳树下找到块石头坐着乘凉等待。

这嬢嬢来自湖边村。村民们都唤她"张家婶婶",也就是"张婶"。张婶的村子紧邻闻名遐迩的太湖,这湖距城镇只有十多里❶之隔。但对张婶来说,十多里路已经足够远,远到让她数月以至数年都不去镇里一趟。当然,她不爱去镇里还有个特殊原因。她不喜欢镇子,因为十八年前,丈夫死在了镇上。张婶丈夫亡故的缘由极少村民愿意谈起,甚至她自己也从不同儿子提起。除非不得已,否则她绝不愿意进城,即使村镇之间每日都有交通往来。交通工具便是人们熟知的"航船"❷,这种船被当地人叫作"航船",是因为船主来往于镇里的商行与乡村之间,是村民买卖的代理人。(其实,这些船主是城镇和村庄的中间人。)

前一年,快到年底时,有村里人从镇子里回来,在村子里传消息说,他们见着河岸边老龙王庙所在地竖起了一个巨大的烟囱。那个庙如今只是个传说了,除了一棵参天大树,什么都没有留下,据说庙早被"长毛匪"(太平军)一把火烧毁了。

大烟囱在建的那段时间里,人们聚在茶馆里议论着这庞然大物会给镇子带来什么时运。有些人相信,这洋玩意儿定会惹怒龙王,带来厄运。"你就想想,你若是龙王,谁要

---

❶ 原文为"四英里"。——编校者

❷ 在《江村经济》等作品中,费孝通称这类船只为"航船"。而有地方人士称,"航船"的"航"字应为"行"[读作 háng],依据是,在江村一带,人们将那些批发生活用品的"批发部"叫作"行里","航船"指的是运送这些用品、行走在"行里"与村社家户之间的船。由于此说待考,因此,我们在译稿中保留了"航船"一词。——编校者

在你的地盘上建个烟囱，整天喷着黑烟熏着你，你受得了吗？"龙王自然会不高兴，而且，"龙王若是不乐意了，你说会怎么样——一定会发大水的"。水灾之类是大家的关切，因为它意味着所有人的灾祸。

另一些人则采取一种乐观看法。"过去几年是什么光景？水灾，战乱，瘟疫——什么都来了，如今我们这么穷。难道我们要一直这样下去吗？这大烟囱啊，又牢固又厚重，立在那里，正好为我们挡挡晦气。尤其是，它还建在河的下游，可以避免河水带走我们的财运。"

这些看法在村民当中引起了些不安，而大烟囱还是被建了起来。谁能阻止它呢？即使它真的招来洪水，那也是命。过去战乱时，老百姓也没做错什么，可是当兵的突然闯来，抢走他们的牛、鸡仔和其他财产。他们能阻止当兵的打仗吗？不能。烟囱是同一回事。是好是坏，是福是祸，它就这么来了，没法子。然而有关大烟囱的消息还是让大家恐慌，因为人们相信一个说法：若要让大烟囱起作用，得先将一个孩子扔进去。人们对这个说法信以为真。他们只希望不要祸害了自己村的小孩。家家户户都不准自家孩子到处乱跑，时时留意着有没有外乡人进村。

清明时节，4 月中旬，村民们得知大烟囱属于一家产丝工厂。航船主描绘说，工厂建筑规模巨大，如同京城里的皇宫。但他惋惜地感叹道，这建筑的颜色不对，很丧气。照他看，其实它本该漆成黄色的，不幸的是，它却被漆成白色，而白色是丧事之色。油漆匠肯定是跟厂长吵过架，过不去，否则他不可能这么刷。

几周后，新任保长老杨带来了一个外地人。他不着丝绸长衫，却穿着一件古怪的夹克。据说这是西洋款式（时下但凡洋货都被当作好东西，张婶却不这么认为）。

杨保长称呼这位衣着洋气的年轻人为"先生"。于是，其他人也跟着这么叫了。但没有人真的信任一个洋派青年，何况他是由这位声名狼藉的杨保长引介的。等年轻人与村中的黄老伯交谈过后，黄老伯向村民们解释，这位来自城里的"先生"是看到村民深受贫困之苦，又不懂得养蚕技术，他从外国习得一番叫作"革新"的新法子，若是村民愿意接受，那么，"先生"便能教大家养蚕的新技术。他保证村民的收成会翻两番。村里尚无人敢如此夸下海口。过去十年，情况真的很糟，即使是最好的收成也只有少少几块钱。养蚕让人负债累累，好些人打算把桑树挖了改种稻子。若是城里来的"先生"真能帮助他们，那肯定是老天爷派来的。

黄老伯又说，这位先生来自丝厂，便是那座刷成丧事颜色的新建"宫殿"。他知道现如今村民太穷，无钱购买桑叶喂蚕，因此他愿意预付蚕茧款项，村民只需缴预付款百分之八的利息。八分利息，村子里的人闻所未闻。此前急需钱的时候，他们通常只能去借扒皮的高利贷。七块钱的贷款一年之后就要用一片值八十块钱的土地来偿还，不少借贷者为了不交出他们的土地而选择了自杀，张婶的丈夫便是其中一例。八分息借贷，真是难以置信！难怪黄老伯对此如此热心，他深知村民的需要。

张婶听从黄老伯的建议，从厂里贷了款以维持生计。她相信那些来自工厂的"先生"。她听说有种洋药能杀死引起桑蚕生病的"小虫子"❶，甚至还用它来洗刷屋子。张婶接受这类建议时，态度毫不迟疑。她从未见过任何"小虫子"，却连清扫祖宗牌位都用这种药。她不觉得有必要去质疑那些她连弄明白都不可能的事。另外，又为什么非得弄明白呢？非得在看见"小虫子"之后才消灭它们吗？见到或见不到，灭或不灭，那些微生物体她根本不操心。都一样。她按照先生的技术指导做事，结果收益高达往年的三倍。产量才是她所关心的。她得到好收成，心满意足。先生也很友善，因为村民们纷纷提供了优质蚕茧。

临近桑蚕吐丝结茧的时节，工厂派人到村子来招女工。工厂宣布决定优先招收镇子周围村庄的女工，因为这样将有助于改善村里的经济状况。村民对此十分感激。唯一的问题是，工厂决定只招十六岁至二十五岁之间的年轻女工。村民们对此感到犹豫，这个年纪的女孩不太好办。怎么能让这个岁数的姑娘离开长辈的视野跑到城里头去呢？她们会变野的。城里的小伙子都如饿狼似的。爹娘如何是好？虽然听说厂子是由一位女先生管理，并且纪律严明，可是仍有些冒险。尽管工厂给出诱人的薪水，张婶还是没有考虑过将儿媳妇送进工厂。

---

❶ 即细菌。——编校者

张妪和儿媳宝珠，"宝贵的珍珠"，两人互敬互爱。这多少有点不同寻常。宝珠是张妪在丈夫过世之后作为童养媳收养的孤儿。她把宝珠从小拉扯大，视如己出。也就是在前一年，她才给宝珠和儿子办的婚事。守寡十八年，抚养一对子女，像走过漫长的路，这下她好不容易松了口气。现在他们结婚了，她终于完成了任务，无愧于她那死去的丈夫。

张妪的儿子名叫三福，是一个相当话少而勤奋的青年人，在镇里的一家丝行里做学徒。与镇上那些滑头滑脑的年轻人不同，三福诚实本分，以至于他的师傅说他有点呆。但呆也不算性格缺憾，现如今反倒被认为是成就一个人的必备气质。机灵、聪慧——这些有什么好呢？比如说李家的儿子，谁会说他不聪明呢？他凭借自己的本事考进现代学堂，没向家里要一分钱，这确实让人佩服。但是接下来又怎样呢？前年这小伙子便失踪了。有人说他是个造反分子，被砍了头；也有人说他去了一家所谓"当铺"（政党和当铺是同义词），坊间流传说，在那里财产共有。公共－财产－当铺（共产党）是危险的，因为当官的不喜欢它，所以村民猜想这小子已被抓走了。想想他的老母亲吧，眼睛都快哭瞎了，就算她知道他在哪里关着，也是没指望了，她又没钱去赎回儿子。聪明——又有什么用呢？三福，可能比较愚钝，但他毕竟已经在丝行干了五年之久，从来没有听师傅在他母亲面前抱怨过一句。对于一个母亲来说，有个本分孩子也许是件好事。去年他二十二岁结婚了，今年二十三岁了，如果母亲有三百块给师傅充作出师钱，他就可以完成学徒期，升格成一名学徒期满的帮工。他的人生之路走得稳稳当当，难道不比那些聪明人好吗？

他的妻子宝珠，身在襁褓时便已历经劫难。双亲在她刚刚三岁时便相继过世。她若是个男孩，还可能得到亲戚关照，但不幸是个闺女，谁想抚养一个女孩，还要给她置办嫁妆呢？就算父亲腰缠万贯，她也无权继承家产。幸亏有张婶收她做童养媳，不然的话，谁知道她的人生会成什么样子？

宝珠性格文静，但她的文静同丈夫很不一样。三福寡言少语，缺乏先开口说话的胆量，所以沉默，宝珠则是被迫保持悄然无声。她不能影响任何被做出的决定，所以她说什么都无济于事。（她有相当不错的判断力，但在村子的日常生活里这对她毫无益处。）唯有"顺从"方使她成为一个好儿媳，而且她深知，在张婶看来，她的可爱之处，正是她随时能接受自己身处的境遇。

在村子里，宝珠是个公认的美人。她身量纤纤，皮肤白皙，一对明眸，举止温文。她很快博得周围人的怜惜，就好像她的处境配不上她的品质。她的容貌看起来白白浪费了。但是这些对她的处事并没有实质的影响，无论是美是丑，宝珠仍会是她自己。三福也从未在意过宝珠的穿着打扮，婆婆给她什么衣服宝珠就穿什么。但正是如此，这反差却令她显得愈加亭亭玉立。

她已成婚一年多了，但丝毫没有怀孕的迹象。有人担忧宝珠不容易怀孕是由于她过于知理，过于好看。但张婶否定了这种猜测，她说，三福很少回家，不能指望宝珠那么快怀孕。她希望，儿子尽快学徒期满出师，之后花更多时间和媳妇在一起，这样她便有望抱孙子了。她不着急。她深知耐心的可贵。守寡十八年使她懂得，时间不如意志和希望来得重要。

工厂来招工的时候，宝珠就在她婆婆身边，听到了所有消息。她心里早已打定主意一定要去应聘，但直到睡前她也什么都没说。三福不在家时，她一直跟婆婆睡。

"妈，送我去工厂吧，这能帮到我们家。我很能吃苦，也识几个字，学那些摩登的玩意儿对我来说不会太难。若是我一个月能挣十元，那一年下来我们就有一百多了。然后，要是再找找别的门道，就能凑够他（三福）的出师费了。我知道您一直操心怎么筹这么一大笔钱。他确实从来没有抱怨什么，但旁人不会因为他穷得拿不出钱来付出师费而看不起他吗？妈，您要相信我，我知道怎么照顾自己。"

张婶其实也动过这念头，但她不想跟自己的儿媳分开。她很是依赖宝珠。离开宝珠一人独自生活看来已不可能了。可听了儿媳这一番话之后，她又有些感动。这是一个多么贤惠的媳妇啊，事事以自己丈夫为先。她怎能阻挠她呢？宝珠在工厂里工作会很辛劳，自己独居也会同样辛苦，但是为了儿子，这都不算什么。

宝珠察觉到了婆婆的沉默，于是继续说："您不是听先生说了吗，这是唯一的机会。若是我们现在不申请，以后就难了。要是工厂那地方真的不好，杨保长会让自己的女儿去吗？妈，我就去一年，然后我就一直陪着您。那时候三福如果出师了，咱们便也不用老是操心了。"说着，宝珠依偎在婆婆怀里："妈，我们这里每日都有航船往返镇子。您什么时候要给我捎信儿都可以。我要回家也很快。先生不也说，工厂不像老丝行不许亲属探望。您有时间也能来看我啊，我会等您的。妈，我喜欢吃蚕豆，您给我带些来。我吃蚕豆的时候就会想起您……"

几天之后，宝珠便去了镇上，张婶则独自留在家里。她感到怅然若失。宝珠跟她住在一起时，她总是有规律地掐着钟点烧饭，因为她知道有个人在等着吃饭。现在，只有她自己一人在家了，不饿的话，便没有必要准备饭菜。和宝珠一起，她吃得开心，而现在，吃饭只是为了免于饥饿。生活规律看来只有和他人在一起时才可能。生活上突如其来的无规律使她烦心，同时也令她期待起什么来。

每晚航船从镇上回来时，张婶都在桥头等待，可是航船总没有带来宝珠的消息。船主只是告诉她："张婶，不用担心宝珠，听说工厂里的先生很喜欢我们村子里的姑娘们。"她于是心满意足地回家去了。

她倒不担心宝珠会惹麻烦，自己的儿媳自己知道，她忧心的是宝珠柔弱的身子受不了重活。

独自在家待了十天之后，张婶收到了航船捎来的信儿。

"张婶，我今天中午遇见宝珠了。噢，我都不敢叫她了，她变化可大了，穿着白色的连衣裙，人家叫那工作服，我都认不出来了。她就跟洋学堂里的那些女学生一个样儿。

我们都晓得她伶俐又漂亮，现在攀上高枝啦。"

张婶听着，流下了喜悦的泪水，竟不知说些什么。她低语道："她一向身子弱，现下看起来还好吗？"

"别担心了，"航船师傅说着，摆摆手，"年轻姑娘吃了一个月的好饭菜很快养好了。——张婶，她问你怎么不去看她。她捎话说如果你明天有时间就去看她。宝珠是多孝顺的姑娘啊。你上辈子积了多少德，这辈子能有这么好的儿媳妇。"

那天晚上，张婶为宝珠准备了一包干蚕豆，那是特地为她做的，还拿出了去年为她结婚准备的两套衣服。张婶常为不能给宝珠更好的东西而感到羞愧。她记得自己结婚时，父母曾向她夫家要了好些彩礼，他们甚至因为彩礼不够而不让她丈夫来迎亲。当然，像宝珠这样的童养媳情况一定是不同的。但她依然过意不去。在自己家里，穿什么不打紧。可是，现在宝珠进了工厂。人们总是以貌取人，就像老话说的那样，"人靠衣装，佛靠金漆"。宝珠连一件像样的衣裳都没带，她怎么跟其他姑娘相处呢？虽说工厂发了制服，可张婶总觉得用别人的东西不对劲。

第二天一早，她就搭上航船，来到镇上。

张婶坐在石头上小憩，等着午休时见儿媳。她也没带什么织衣服的针线打发时间，只好傻坐着四下张望。

工厂建在河湾上，东南两边都挨着京杭大运河。大门开在拐角内。有一座横跨运河的大桥，通往百米之外的集市。工厂背后是一条新铺的大路，它将镇子与大城市联结起来了，往北通往苏州，往南通向杭州。整个工厂是依照现代西方的样式，用水泥建造起来的。建筑体看起来像一排排装饰着线形和方形玻璃的巨石。南边是仓库，东边是办公室和宿舍，中央的位置是机房，背后则是电力室。张婶从未见过这样的建筑。她看大烟囱噗噗地冒烟。原来这就是那头吞了小孩的怪物，张婶不寒而栗。"阿弥陀佛，世道变得太糟糕了，要我怎么弄懂这些啊！"她自己不也曾常常用这类怪物来吓唬淘气的孩子们吗？谁会相信她真的把宝珠送到怪物阴影下工作呢？世道真是怪。她往另一个方向望去，工人们仍然在那里忙着卸茧袋。她看不懂这机械式的工作节奏。她所熟悉的场景是人们在稻田里劳作，他们能花一半时间抽烟或者聊天。而眼前这些工人怎么能干这么久活都不用坐下歇息片刻？她不禁疑惑起来。张婶陷入深思，没有留意时间流逝。突然，一阵响亮的口哨声唤醒了她。怎么了这是？她环顾四周，发现原来那个坐在桌子旁的年轻男人正向她这边走来，她立马站了起来。

"你还没见到儿媳妇吗？"年轻人和善地问道。

他亲切的语气使张婶如见故人。张婶因一时想说的话太多以至于不知如何开口。但年轻人没等她回答就说："过来，到这里来。"

他们走进厂子大门，这时，一群身着统一白色制服的女孩从中央建筑里鱼贯而出。哪个是宝珠？她们看起来都一样，张婶怎么分得清哪个是哪个？她正不知所措时，一个声音打断了她："这儿。"她跟着那个年轻人走进一间屋子。

房间深处的办公桌前，坐着一位女先生。年轻人对她说："王女士，有人想见她的儿媳。"女先生抬起头来，对着年轻人一笑，露出珍珠般的白齿。"又一个儿媳妇，这次是哪个呀？"说着转向张婶，"你的儿媳妇吗？她叫什么名字？"

"我们叫她宝珠。"

"宝珠？又一个宝珠，她姓什么？"

"她姓张。昨天航船主带信儿给我说她想见我。"

女先生转过头开始翻一本册子，随后唤来一名女助手："叫一下五号工作间的张宝珠，让她过这儿来，有人想见她。"

大约五分钟后，有个女孩进来了，一见张婶，便向她跑了过去。张婶擦了擦眼睛，想要肯定这的的确确是她的儿媳妇。只不过短短十天，她怎么变化这么大！张婶紧紧抱住了宝珠，忘记还有其他人在场。"是……真的是宝珠啊，我担心坏了，你在这儿好不好……"

她听到有人跟她讲话，是女先生。"你的儿媳表现很好，很聪明，但她要是能剪掉她的辫子就更好了。"她继续说，"我们虽不强制女孩子这么做，但是为她好，我们建议她最好还是剪掉辫子，那样的话，更容易保持清爽整洁。"她笑着看向年轻人："也更漂亮。李先生，你觉得呢？"

坐在桌边翻阅手册的年轻男子停在了一页纸上。这页纸上写着：张宝珠，来自湖边村，20岁，已婚，智力测试90，文字测试40……听到女先生的问话，他放下册子，看了看宝珠。在他看来，这个姑娘比一般女孩高一些，清瘦白净，线条鲜明，除了辫子，整个人身材匀称，样貌妥帖。他没有直接回应女先生的问题，只是说："你好像总是喜欢按你的标准要求别人。"

第三章

———

王婉秋是管理员，负责从农村招募而来、住在工厂宿舍的工人们的日常起居和福利。她完成了日常工作之后，便去找总经理吴庆农，因为她刚刚草拟了一个员工"知识培训"项目。

此时，吴厂长正埋头读几份有些问题的报告。他甚是失望。首先，因为招工进度缓慢，工人数量太少，所以生产达不到预期。下属的建议之一是增加工时。其次，由于所有工人都从乡下招募，培训他们需要花费相当长的时间，这导致目前的产品质量低下。又有人建议说需要招一些熟练工人。再次，随着蚕茧的价格下跌，应停止收茧才能保住利润。

吴厂长感到失望，并不是因为眼前的这些问题难以解决，而是因为他发现员工所提的建议表明，他们对他建造这家工厂的初衷毫不理解。

吴庆农是留美归国的青年。在美期间，他学习了现代经济体制，得出结论：目前的西方体制将最终导致人类走向厄运。他反对将这一制度引入中国。他在毕业论文《经济人道主义》中阐明了这一看法。

吴庆农用一个公式来简化当前的经济体制，这个公式大致是：资本←生产←生计。这一体系的基础乃是资本积累。资本积累充当价值准则，也是整个经济结构的分化力量。所有的生产都直接导向这一目的，因而人们的生计也为了资本而被残忍地牺牲掉了，更别提其他那些为了保护资本积累的必要工具了，例如巨型战舰和重型轰炸机。大众的生计已经降至微乎其微，而沦为生产的一个无足轻重的环节。他致力于借助这一基本公式解释当前世界的种种冲突，并由此指出这一模式导致的可能后果，即战争和毁灭。

为了避免这些灾难性的后果，他提出一个相反的公式，即资本→生产→生计。在这一公式中，生活水平才是最终目的。生产只有在能提高大众生活水平的情况下才进行。资本自身没有任何价值，它的价值仅在于对生产的贡献。

这是吴庆农的理论，但我们对此未必感兴趣。谁会对一个学生的理论感兴趣呢？在大学论文档案里什么样的观点没有？在哪篇论文中你不能看到真理被揭示？我们可能看到太多真理了。然而，我们也没法轻易摈弃他的"经济人道主义"，因为它不仅是被收藏在大学图书馆某个角落里的文献，而且已经转化 ❶ 为我们刚刚描述过的那家工厂。

吴庆农是普通归国留学生中的例外。一般来说，他们极少关注自己论文所写的那些东西。他们所关心的是进入政

---

❶ 饶有兴味的是，费孝通先生此处的用词是"translated"（译解）。——编校者

府机关以取得高薪待遇，或是在大学里获得教职，然后向学生们解读课本。对于从书中所学、从生活过的某个社区的社会制度所了解的，他们其实都漠不关心。留英学生将议会制度介绍到国内。留学芝加哥的则赋予帮派组织以理性化解释。留俄的则在国内试行苏联的单位制度。他们中不少人甚至放弃了筷子，而改用刀叉来吃饭，咖啡也取代了茶，正如有句名言说，"美国的月亮比中国的亮"。如此看来，吴庆农真是相当独特。在他的亲戚们眼中，更是如此。他回国后并没有立刻结婚，也没有接受政府职务，为了开办工厂，卖掉了所有继承来的土地。的确没有人能干涉他，因为他父母早逝，亦无兄弟姐妹。然而在亲戚眼里，卖掉祖产实属可耻行为。

但吴庆农对亲戚的看法满不在乎。他着魔于自己的新公式。在这座小镇，他将理论付诸实践，以期能拯救故里，对他而言，故里是家国的一个组成部分。

在技术方面，他的工厂与其他现代城市的丝织厂并无本质区别。大抵仅是在规模上有所不同。然而吴厂长并不认为规模是重点，要紧的是工厂的组织。如他计划，资本应该被用作支持生产，而不是积累自身。为了资助有益的生产，他决定预支给蚕农百分之四十的蚕茧金，以便他们能用这笔钱继续经营他们的产业。他派专家指导蚕农饲养桑蚕。科学知识能给吴庆农蚕茧生产的保证，因而他相信，预支蚕茧款并无风险。

为了改善劳工的工作环境，他致力于改工厂为教育机构。他决定雇用那些来自乡村、没有被城市文明惯坏的女孩，从技能和知识两方面培训她们。他曾一度对下属们说："我们必须意识到，我们并不是在与一群女孩而是在与未来的母亲们打交道。如果可能，通过这些年的培训，她们将获得做现代母亲所需的知识和道德面貌，从而成为我们农民现代化的真正力量。"

吴庆农的理想是，固定资本的利润，将剩余价值用于支付工人薪资，实现分配调节，以分配调节为手段，体现劳动在生产中的价值。

这么看，他是社会主义者，或者更精确地说，是一个社会改革者，或者受到19世纪法国社会主义运动影响的乌托邦社会主义者。但是除了数字，我们也压根儿分不清什么是第二国际、第三国际、第四国际之类，最好还是让有能力者去争辩怎么区分这些东西。可是，作为吴庆农的亲密朋友，若非要用个带"主义"的词来给他归类，那就是"英雄主义"了。他建立工厂，招聘乡村姑娘，让自己成天忙于工作——为了什么？为了实现他的理想，为了把他心中的蓝图变为外在现实。在他的理想中，确实可以找到诸如改善大众生活水平之类的项目，然而与其说他进行社会改良，毋宁说，他是在将自己的理想投入到社会中去。正是他这名英雄才是历史的动力，而非普罗大众。大众会有理想吗？他怀疑。大众只能跟随，不能创造。创造依赖的是意志，而意志是个人的。他一度称，如若大众不如此盲目，又何须他为他们做任何事，最好就作壁上观。不，大众给予的是力量，而不是方向。方向来自个人创造。英雄便是能够实现大众需求并且引领他们的人。吴庆农，毫无疑问是这样的个体，而非大众。他是他自己意义上的英雄。这也便是我们将他的态度定义为英雄主义的缘故。

把他的理想归为英雄主义，有助于我们理解为什么下属所提的那些建议令他失望。"如果工厂不符合我的理想，它就可以关掉了。"此时，有人来敲门。

"进来，——啊，是王小姐，好。正好我有些工人的事要跟你商量——"没等来客表明来意，他便立刻抛出自己的问题，"王女士，我们必须赶紧进行'知识培训'工作了。这是当前我们的工作中最重要的部分。我是说，我们要教育工人，让他们知道，不要仅仅成为机器的高效部件，还要理解工作的意义。你晓得的，效率取决于心理和道德面貌。看这里，"他指着桌上的报告说，"技术培训确实低于我们的预期，但增加工时并不能解决我们的问题。增加工时会更糟，因为人不能被当作机器使。你晓得的，唯一的解决之道是通过道德激励来提升工人学习的意志。增加工时与我的建厂初衷背道而驰。还有，你也看到招工这个问题——它表明，我们在村庄的宣传还不够。但是没关系的，因为所有的工人都很满意现状，他们会为我们说话，这比宣传有力量多了。你能想办法让工人亲属来访变得更方便吗？从统计数据来看，我们在 16 至 25 岁这一年龄组的姑娘中只招募到两成，所以让目前的工人数目翻倍并非不可能啊。"

王婉秋对这些社会原理毫无兴趣。她也没有驳斥吴庆农的指令，如同她在课堂上只会积极重复课本上的字句而不假思索一般。对她而言，要理解这些东西本来就不是易事，何况去批判甚至反对。

因此她说："哦，是，吴庆农，这正是我来找你要说的事。我已经草拟了'知识培训'项目——"

此时，电话铃打断了他们的对话。

"是的，我今晚能到。我打算坐六点的火车。"放下话筒，他转向王小姐继续说："很抱歉我一会儿必须出发去上海，明天我们继续讨论，今天就到这吧，谢谢你……你走之前，告诉李义浦继续收蚕茧。这个时期，蚕农们都急需用钱。我们不能停下。他会明白的。不要担心钱，我今晚去解决这个问题。"

王婉秋离开吴厂长办公室后立刻去找李义浦。

李义浦是经理助理。这时他正在休息室看报，为罗斯福新政被最高法院判定违宪的新闻感到有趣。他兀自发笑，从口袋里掏出一支烟，放下报纸，刚点上烟，便看到王婉秋向他走来。

"看这条新闻，政府终究是既得利益集团的工具啊。"这话不是说给王婉秋听的，因为她从来没跟他讨论过政治，但此刻构成批评吴厂长的理想的好机会。李义浦认为吴庆农在提出他的公式时忽视了政治因素，低估了社会中阶级冲突的重要性。当然，他同意吴的结论，也认为现代欧洲经济体制正在将人类引向厄运，但是，他不认为这是资本主义与人道主义对立的问题，而只是谁将控制生产资料的问题。在欧洲经济体制中，生产资料为资本家拥有，劳动者也就成了被剥削的对象。在这个阶段，政府仅仅是既得利益者维持特权的工具，因此要改变经济体制无法绕开攫取政治权力。在他看来，不进入政治领域，便无法进行社会改革，他从根本上反对吴庆农的英雄主义倾向和对大众力量的不信任——这是吴庆农的家长主义（parentalism）态度使然。

然而，他也意识到了矛盾。难道我们只能等到决定性的政治问题解决之后才能进行社会改革吗？看看中国过去政治斗争的例子。那些斗争是否也是由某些小团体鼓动起来的，而对此大众并不知情？这些年与左翼运动的密切接触使他意识到，工人阶级在斗争中并非没有意识到自身的利益。很可能，哪怕左翼当权，1925 年的大革命还会重演。❶

在与蚕农直接打交道的这几个月里，他的极端主义信仰有所动摇。从唯物主义角度看，在经济状况还未发展到适当阶段时，任何为煽动所激发的社会改革都是不成熟的——是"无根的"。这种不成熟的社会改革很容易被击败，它有可能导致戏剧性的"长征"，但对于现状毫无益处。

当然，李义浦并非认为在中国准备大革命的最好方式就是增强资本主义。若是如此，帮助中国民众的最有效力量就终将是外国帝国主义和新兴资本家势力了。眼下的革命力量和改革运动就可能会被认为是反动的。李义浦无法接受这

---

❶ "1925 年的大革命"，可能是指 1925 年 5 月 30 日在上海爆发的"五卅运动"及其连带反应（如在广州和香港爆发的省港大罢工）。——编校者

个逻辑，因为有某种东西使他反对这一理由。但这东西是什么呢？何种唯物主义基本原则能够解释他的意识呢？他无法回答。

这整个是一矛盾，这个矛盾，不仅是思想上的，而且是理论上的。最糟糕的是，除非他解决矛盾，否则便无法停止思考。他感到身心之内有两个自我在相互打架。一方面他不得不日复一日地处理着具体事务，另一方面他又无法停止自我批评。新闻专栏不过是他的两个自我相互斗争的场所。

不等王婉秋回应，李义浦便指了指座位，说："请坐。"

"吴先生说让你按照安排继续收茧，因为现在村民们都急需用钱。"

"这也是我正在想的事儿。我们不该借机剥削农民。"他嘴里叼着烟，坐在那沉思。"你看，这是另一个矛盾之处——建立工厂，却不谋求利润，这怎么获取资本呢？没有资本，就没有工厂。并不是资本家想要违背人道主义理想，而是这个体制本身无法与工人们的利益妥协。现在工人们并不知道如何斗争，他们一味服从，但奇怪的是，他们自己倒是互相斗来斗去。为什么我这么没有耐心？我是否属于工人阶层？我的立场在何处？资本家把我视作敌人，大众也不把我看作他们的朋友。难道我是中间派？像我这样的中间分子又该何去何从？"

袅袅烟气升腾消散，他回想起了农民们充满质疑的脸——"你要把我们带向何处？你会给我们带来什么样的改变？——"突然，他想起那长长的辫子，于是心不在焉地问王婉秋："那个女孩，张宝珠，她去剪辫子了没有？"

"你还记得她啊。"

李义浦一听才发现自己已经想得漫无边际。他笑了笑，没做解释。

王婉秋踱步到窗前，嘀咕道："一天又过去了，我有些乏了。"

窗前，大运河静静流淌如旧。几艘驳船，朝着夕阳，悠游地向镇子驶去。

"天真好啊！"王婉秋转向李义浦，"我们出去散散步吧，可以到公园旁的湖畔坐坐。"

"好啊，稍等，我换下衣服。天热了，凉爽舒适的春天已经过去了。"

第四章

————

　　要是说乡村维持了其质朴和诗意特质，是因为所有的粗陋和恶习都被吸收和集中于城镇中了。这绝不是夸张，你们可以自己去看看。坐着船靠近城镇时，一股鱼腥味足以令人呕吐。奇怪的是，流入城镇的河水总是清澈见底，流出城镇的也不算污秽，但在城镇里，运河却已变成阴沟，水质黝黑，表层油腻。夏天时则更糟：运河入城转身变成阴沟，水面上到处漂着腐烂的西瓜皮。下水沟似乎是城镇里具有吸力的存在。日积月累，它成了城镇文明的核心。当你走下航船，会怀疑是否真的上岸了。湿滑的石板路不能被描述为陆地，它从未干燥过，像是介于陆地和水之间的东西。若是穿着皮鞋，那极有可能会滑倒。倘若因此沦为笑柄，那只能怪自己了。抬头观望，必定难以见着天。不是因为人在隧道中，而是家家户户的屋顶彼此相挨，几乎透不进光，再加上商铺标志和广告铺天盖地，阳光实在无法进入。然而，细长的小巷漏缝处还是大得足够让所有的雨水灌注进来。狭小的巷道，拥挤，昏暗，咸鱼和贝类的腥气，夹杂着昂贵香水的味道，混合着汗臭，几乎令人窒息——除了传说中那条通往地狱的黄泉路之外，没有别的可以用来比拟这条路了。

再看看这里的人们，无论胖如南瓜还是骨瘦如柴，没人腰杆子是直的，令人印象深刻。这是专门为饲养那些无须见光的动物而准备的地方。无须见光，正是寄生虫的共同特征。在城镇生活的人依赖的是商品和货币的流动。成千上万在太阳底下劳作的人则用他们的血和汗喂养着这群人。

这样的一座城镇，同那些直白而分明的因素不相匹配。更不用提远远坐落在河湾外郊区的丝织厂，即使是公路也都要绕开集市，公园也一样与镇中心相分离。

丝织厂和公路都是新近修建的，它们还未被镇子同化，公园则不然。寄生虫的确软而无力，渗透力却很强，不然的话，它们如何依附别人来生存？比如，公园本是新生活运动❶的组成部分。现在变成什么样子了？最初的想法不错，旨在让大众知道太阳长什么样，还有，旨在让他们知道，除了蘑菇之外还有其他植物可以生长，天地之间还有花草树木。这兴许是迈向"新生活"（New Life）的最根本途径，可是公园开放仅半年之后，人们就在里头开了一家茶馆。没有茶馆的消暇对于人们而言是无法想象的。

只有在茶馆开张之后，公园才变得热闹起来。臭肉招苍蝇。这座公园原本以新生活运动为目标，茶馆开张后，它却逐渐被城镇文明同化，有了与镇子里的集市类似的臭气。

---

❶ 新生活运动 1934 年由民国政府推出，属国民教育运动，杂糅传统"礼义廉耻"思想，向民众灌输"国民道德"和"国民知识"。——编校者

李义浦和王婉秋沿着新修的公路，绕过了集市，向公园走去。他们已经换下了工作服。李义浦穿着一件开衫，如平常一样，看起来相当邋遢，头发乱蓬蓬，胡子也未刮干净。若是他能多关注一下自己的外表，以他挺拔健壮的身材，炯炯有神的暗棕色眼睛，高挺尖细的鼻梁，一定早就是典型的北方美男子形象了。从矫健有力的步伐可以看出他意志坚强，性格奔放。

　　王婉秋中等身材，圆脸，微胖，皮肤白皙，鼻子扁平，一副典型华东人的长相。她的外表并不迷人，但与她相熟的人大多喜欢她。她虽未必让人印象深刻，却是很好的同伴。今天晚上她身着一件深绿色短袖的中式长袍，光脚穿着一双西式的高跟鞋。

　　男女二人双双走进公园，人们好奇地打量着他们，这让李义浦感到浑身不自在。在镇子里，同一位女士在众人面前散步，不是寻常的事。李义浦当然不是一个害羞的人，他习惯在会上发言，享受话语对人们的感染力，但此时朝他们投来的目光令他不安。他想要闪避。二人绕开茶馆，来到湖边。湖边座位是专门为特别顾客预留的，费用更高，服务生还期待有慷慨小费。服务生看着李、王二位朝着这边走来，彬彬有礼地将二人带到了他们的老位子上。

　　五桌远的位置，坐着一伙人，他们全身着丝质长袍——是典型的镇里人。桌边散落着满地的西瓜籽，可以看出他们在这儿至少已经待了大半天了。李义浦并未注意到他们，但他们一看到他随即压低了声音嘀咕起来。这反而引起了李义浦的注意，他竖起耳朵，仔细听他们在说些什么。他听到叽叽喳喳几句，"他——是工厂的人——我们之后再安排——我认为事情一定会有转机的——"这伙人中较胖的那个人付了账，便散去了。

王婉秋并未注意到邻桌这群人的离去与自己和李义浦的出现有关，但留意到了李氏狐疑的神情。她四处张望，想弄清到底发生了什么。王婉秋狐疑地看着李义浦，等着他解释。

"先生，茶还是——"服务生问道。

李义浦抓住了机会。他假装漫不经心地，谨慎地问道："我一时想不起来他们是谁了，但他们好像对我很熟。"服务生一听便明白了。他像个告密者似的，移步至李义浦身边，弯下腰耳语说："李先生，您难道忘记了？胖的那位是史大爷，出了名的'扒皮'，其余人都是丝行的。"他回头，看看周围是否有人留意到他们，又补充说："他们都对你们的工厂恨得牙痒痒——先生，您知道他们在盘算什么吗？"

李义浦不想表现出自己的焦虑，勉强堆出笑容。随后，他转头问王婉秋："要不要来壶茶？"王婉秋点了点头，李义浦向服务生要了一壶茶，茶座便只剩下他们两人了。

"发生什么事了？"王婉秋急忙问道。

"我不是同你说过吗？敌人是不会善罢甘休的。我们贷款给农民，对那些扒皮是重重的一击。我们直接从农民那里收购蚕茧，冲击了镇上采购商的生意。机器纺丝业将会取代传统纺丝业，这样一来旧的丝行就会衰落。这些人都是我们的敌人，他们一直寄生在蚕农身上，如今遭到我们计划的威胁。难怪要反对我们。"

"但这些寄生虫就该被扫除啊！"王婉秋义正词严地说。李义浦没有接话，他正兀自思忖。王婉秋略有些失落，她来公园并不是为了讨论公事，只是想放松消磨一两个小时而已。最近她感到一种前所未有的焦躁。以前在学校，她每天都有课，每学期都有考试，每年都升入下一年级。她的学业朝着明确目标前进，成功可以清楚预期。她当然也参加一些爱国运动，但同样地，结果也是明确的，成功亦是可以清楚预期的。为什么不呢？学生们请求学校免除他们上课，让他们可以去示威游行，如果学校不同意，他们就罢课。只要罢了课，国家就能得救，至少他们是这么认为的。她虽然才离开学校数月，但眼下的情形却大不相同，她感到自己像是一艘漂泊在航道之外的小船。她如今到底在追求什么？爱人民？爱祖国？一切好似深陷迷雾一般，人民和祖国在哪儿？当然，她可以理所当然地认为自己眼下正在为工人们谋福利，所作所为离爱人民并不远，虽还谈不上爱国。然而，对于她所取得的工作成果，却没有老师可以给出分数。成功还是失败？谁能自己评价？谁不是通过其他人的眼睛来认识自己的呢？而麻烦的是，你不可能在不同的眼睛里找到一个相同的自己。既没有标准，也没有单一的准绳。她不知所措。

若是有个梯子，人人都知道怎么攀爬，差别只在于速度而已。就算有人爬累了，或是从梯子上掉下来，可他们的眼睛始终有东西可看。而迷宫中，每条路看起来都是对的，每条路又好像都在将人引入歧途。兜兜转转回到原地的人自然会感到犹豫不决，也许最好是先坐下来，找找办法。爬梯子不能停下，但在迷宫里，停留却是天经地义。

王婉秋离开学校，如同离开梯子到了迷宫。她焦躁不安，试着通过读诗来缓解焦虑。但这于事无补。她无法忘却校园生活留下的若干影像，它们反复萦绕在她梦中，尤其是最后一个月的校园生活，李义浦便是其中之一。

李义浦曾是她的校友，是高她两级的同系师兄。李义浦在学校的最后一年，他们在一次社交集会上碰面了。尽管王婉秋能聪明地避开李义浦，但每每望见他时，她都心跳加快。义浦毕业离校后，这一切很快结束了。婉秋没想到他俩又会在同一家工厂工作，也没有想到他的容貌还会继续这么频繁地出现在她的梦中。

她瞥了一眼坐在身旁的李义浦，眼见他心事重重，她悄然叹息。她不知道他是不是能和她单独坐着，说点、想点与工厂无关的事。

第五章

"三福，三福，你在干什么鬼差事，躺在那跟死人似的。快去备茶，客人要来了。"

三福，张婶的儿子，这些天心情甚是低落。自从师傅知道他媳妇进了丝织厂之后，就刻意显露出对他的不满。昨日下了一整天大雨，师傅却故意打发三福外出跑腿，让他买些无关紧要的东西。第二天他就害了伤风感冒，脑袋发热，四肢无力，但他看师傅脾气正大，也不敢告假。只是后来他没有想到能做什么事，便上床歇息了。一听有人到了门口，而师傅在叫骂着，他赶忙起床，去给他们备茶去了。

他的师傅储老板，是本乡最大一家丝行的老板。他正躺在竹榻上边抽水烟，边和妻子聊天。这时传来一阵敲门声，老板娘起身去开门。这位不速之客赵老板，是隔壁收茧行的。

"啊，赵老板！近来可好哇？进来，进来。"

"不好意思啊，这时候打扰你。"赵老板对他的突然到访表示歉意。"不麻烦泡茶了"，看到三福去烧水，他连忙接着说，"我们都是老朋友了，快别客气。"

储老板老早就晓得今年收茧行的生意很差。他也为自己的生意发愁，因为几周后他自己的生丝收购也要开市了，前景不容乐观，于是他问道："您准备怎么办呢？"

"其实啊，我来就是想同你说这事的。你知道近十天我们的收茧量只有往年的三分之一。这些倒霉事落在我们头上，全是因为那家混蛋工厂，你说是不是？史大爷还是对的，他去年就预测说，这家工厂飞扬跋扈，建在下游，会截住水流，把所有的财运都吸走，然后我们被困在高处干涸的地方，活活看着财源流走。"

此时三福端着茶进来，又不敢回床上，只好坐在房间的角落里，听他们谈话。

赵老板是个非常精干清瘦之人。他总是咳嗽——咳起来又干又哑，可精气神却很好，尤其是今晚，他精力旺盛、滔滔不绝，可能是刚跟那位扒皮史大哥喝过酒的缘故。他接着说："好笑啊，其他人想要建工厂，要么去上海，要么去无锡，这家伙却来了这里，非要黏在这里不走了。若是他专做丝织也就罢了，可他还非得搞收茧——"话没有说完，他意识到自己说错了，不能单单攻击工厂的收茧行为，于是清清喉咙，嘀咕道："我——我不是那个意思——但工厂还支款给村民，诸如此类。可能他们很有财力，但起码要顾全别人的面子，让大家都过得去。他们又借钱给村民建蚕炉（称为合作社之类的）。可要是农民能自己做蚕茧的脱水和保存工作，那我们还能做什么呢？他们肯定会一直等到有好价钱才卖茧，这样我们就都完了。这几天蚕茧价格已经涨了不少。"赵老板摇着头，一脸泄气。

储老板一心想着自己的生意。那些人生意被打败了，倒也挺好，他们反正也多说无益。可他自己还没有败，不能满足于嘴上咒骂。他对行情了如指掌，自然不用讨论这些，他焦虑的是该如何应对。储老板把水烟挪到一边，调大煤油灯芯，好让房间更亮些，做好谈正事的准备。"我们必须找到自救的方法，作壁上观不是好事。"

赵老板意识到谈话已经开始往他想要的方向转移，说道："是啊，这也是我们今天下午同史大爷在公园谈的事情。"他放低音量，继续说："今年史大爷本想大赚一笔，因为去年稻米价格跌得很低，村民都一穷二白了。除非他们能从外面借到钱，否则不可能再做生丝了，史大爷自然想着这是个大好机会。谁料到工厂这时候向村民提供了贷款，这下没人来向他借高利贷了。当然他不会损失什么，也赚不到什么。可是我们不同，我们要赔钱的。若是明年还是这样，可怎么是好。"

储老板还没有接受失败，他盘算着工厂大概收走了多少蚕茧，村民还留了多少用作家庭纺丝，尽管了解今年丝行打算收购多少蚕茧更为重要。他的问题不在于明年的收入，而是今年，是下个月。

"你知道工厂收走了多少蚕茧吗？"

"我听说了，至少四万担。"

储老板一听，恼火得咬牙切齿。他点点头，拿起水烟斗，"若是这样的话，周边几百个村庄的所有蚕茧都被工厂收走了——怎么可能？"他问自己，"有可能所有的村民都不缫丝了，在家里无所事事吗？"他转头看到三福正坐在角落里，这可是个不容错过的机会，"原来她们都去了工厂，想着得到好薪水——哦，我等着那些不要脸的姑娘回家去的那天——她们也可以当妓女啊，反正都是卖——"

三福默不作声。赵老板注意到储老板的话有所指，特别牵涉到三福。他说："是啊，村民们越来越坏了，不是婊子，就是土匪——全是共党。"他接着说："不是共党，还会是什么呢？如今共党不仅烧杀抢掠，而且还要建工厂。那个家伙，那个经理，他是哪儿来的？报纸上说，这家伙赞成乡村运动的那些原则，史大爷说那就是共党——（他们是新的长毛匪）。"

储老板对于工厂与共党是否有关不感兴趣，他想知道的是为什么村民不自己缫丝而要卖蚕茧。依据他生意场上丰富的经验，他意识到这里面有问题。储老板知道，蚕丝的价格确实在下降，但也不会降到比蚕茧价格低。村里的女人不下地干活，要是她们也不缫丝了，就只能待在家里无所事事。工厂是从村子里招募工人来着，但最多不会超过五百人，因而大量女性劳动力还是会留在村里。工厂能替代村庄的整个家庭手工业吗？储老板不这么认为。但要是消息准确，工厂确实已经收购了四万担蚕茧的话，那么，就没有任何原料留给家庭缫丝了。他绝不相信。储老板是个有主见的人，从不听信风言风语。散布谣言是他为了减少蚕茧商之间的竞争的计策。经验告诉他，不能相信任何同行，以及与他打交道的生意人。一切只能靠自己的理智和判断。他怀疑赵老板此次来访的目的就是为了给他下套。很明显，今年的蚕茧供给量会减少，只有降低收购价格，才能有利可图，至少他是这么想的。

他对赵老板说："我现在力不从心，你晓得的，我去年为儿子成婚花了一大笔钱，那些年纪小点的孩子为了上现代学堂，问我要钱从来不烦。要是我今年赚不到钱，就完了。"

"你的意思是今年不打算收丝了？"赵老板问。这句话似乎证实了储老板的猜测。他对史大爷并没有好感，也不相信赵老板与他在公园里的谈话。他想，要是能通过赵老板间接迷惑竞争对手，对自己也许是个优势，于是储老板说："你认为我应该冒险吗？我觉得我还是不要尝试了。"

赵老板意识到机会来了，他可以完成这次来访的使命了，劝说储老板加入对抗工厂的统一战线。他说："储老板，我们必须找个毁了工厂的法子。"但是储老板似听非听。他并不考虑远处的敌人，他关注的是同行的动作。所以他不理会赵老板话里的重点，没有做出任何承诺。

赵老板没有达到目的，讪讪离开。

储老板独自思忖着，凭经验办事，兴许是最好的法子，但眼下形势已然改变，他不得不应对新形势，估算此前经验之外的若干因素。他晓得，去年村子的财力已枯竭。工厂若是没有给村民贷款，蚕丝业便无以为继了。工厂对村里的大部分家户都有恩，自然能掌握大部分供货。村民们不会认为浪费了女性劳动力——虽然储老板以为他们会。首先，她们不再在家缲丝，但从工厂得到的收入已经是从前的两倍。工厂提供的蚕茧预付款和技术指导使这一切变得可能。更要紧的是，村民想以更高价售卖蚕茧，以获得足够的资金来种植水稻。储老板善于应对传统的经济体制，如今形势变了，他不知所措。

　　三福掩上门，关了灯，回到自己床上。他的头疼更厉害了。躺下合上眼，他看到宝珠正缓缓向他走来。她身穿漂亮的丝织长袍，剪了时髦的摩登短发。三福看着她，怒火中烧："不要脸的婊子，你穿这么时髦衣服做什么？"宝珠嘲笑他道，"傻子，"她说，"你凭什么责备我？看看你自己。做了这么多年学徒，到头来，穷到没法给自己交出师钱。"宝珠向他扔来一捆纸币，"给你，拿着这些，从现在起我就跟你毫无瓜葛了。"三福怔住了。他狠狠踢着那捆钱。再抬头看，宝珠已然消失，她原先站着的地方是一个胖男人。三福想，他一定是史大爷了，便乞求他的帮助，却被当头打了一拳。三福大叫一声，惊醒过来。原来是个噩梦——月色如水，只听得见隔壁屋传来师傅的咳嗽声。

　　他的头还是很疼，但脑子清醒了些。三福没有再接着睡，而是躺在床上看着墙壁上浮动的月影，回想着过去五年自己的学徒生涯。他从未向任何人提及在这儿遭的罪，除了去年夏天，有次他脱外套，母亲瞧见了后背的鞭痕。那晚，他听见了她的哭声。他深知母亲已经够苦了，他怎么还能再增添她的苦痛？

　　母亲从未对他提起父亲的死，但他从别人那里听说父亲死于非命。他粗略知晓，父亲负债累累，放高利贷的迫他贱卖土地。父亲拒绝，在债主家中自杀了。此事激起了众人的同情，最后他家保住了土地。直到现在，村民还念叨他父亲说过的话："若是没了地，我便养不起儿子，愧对祖宗。若是我的死能替我保住地，死比活着强。"

三福又想起了婚礼的那天晚上。喝了有点多后，他回到房间，宝珠在屋里，但一脸严肃。他想要抱住她，而她拒绝了。他们打小一同在这个家里长大，彼此相知甚深，但这是宝珠头一次没跟她婆婆睡在一起，她感觉好像婆婆肩上的重担全都要落在自己的肩头了。她对三福说："我们现在都长大了，若是你不努力，一事无成，那娘的眼泪便都白流了。我是一个女人，什么也帮不上。"宝珠枕在他臂弯里抽泣起来。此情此景，三福刻骨铭心。他感恩生活。"宝珠，"他说，"我们会一直在一起的，相信我。"他抱着她，感觉心里有团火在燃烧。他渴望有所成就，渴望报答这两个女人的眼泪和爱。

他开始在丝行做学徒后，丝行不允许他时常回家，也不允许学徒的亲人来探访。

分居两处，三福无时无刻不惦记着宝珠。愈是受苦他愈是合意，好像受苦是通往成功的必由之路。然而每次回家，他都两手空空，只有穿破的袜子。三福常常感到羞愧。如今学徒期将尽，他却没法交出师钱。他知道母亲原本打算为他抵押土地，但宝珠阻止了她，"你不是说过卖了祖产的人不会有好下场吗？"可是俩人哪里去挣得三百大洋？宝珠觉得这都是她的错。那天晚上，她抽泣着跟三福说："其他姑娘结婚的时候，都给夫家带来金银，帮得到自己的丈夫，可是我呢？我是个没有福分的女人，没有给你带来财运。"三福感动得说不出话来。

待到三福回忆起这一幕幕情景后，才想到了刚才的梦。畜生！这一刻，他恨起了自己。宝珠为他在工厂上班干活，母亲独自守家，自己却做这样的梦，实在是太忘恩负义了，他想到了放高利贷的史扒皮，是不是就是他害死了自己的父亲呢？他不确定。

三福躺在床上，心事重重，鸡鸣声由远而近。已经是早上了。他问自己，这样日复一日的工作能否使他业有所成。

第六章

今年的秋天来得早。短短几周，秋风已把大地染成金黄一片。人们忘记了刚过去的夏天，开始忙于为严冬的来临做准备。工厂有规律的哨声已然成为镇里居民日常生活的一部分。它给大家提供了一个公共时钟。有了它，甚至集市也有了一种新的节奏感，而家家户户的烟囱升出袅袅炊烟的规律也有所调整。

虽然史大爷曾说工厂将会吸干这整片区域的财运，但是聚集在茶馆里的村民们开始怀疑这一预测。生丝产量已经翻番。近来风调雨顺，丰收指日可待。村民们欢欣鼓舞，甚至有些人宣扬说，到明年会恢复湖畔迎神活动。"我的狗娃，"（说话者指他自己的儿子）"他明年十二岁了，还从没见过迎神。你们还记得，那时候我们村为迎神派出一匹马——那是多么好的光景呀，大家两天两夜不眠不休。我家老头子（指的他父亲），他那时候还在世。我跟着他在人群里窜来窜去。湖水被一堵人墙围着。"光是说起这些事儿，就足够让村民们兴奋的了。更何况，听说衰落了的迎神庆典很快就要恢复，他们怎能不欣喜若狂。

迎神是一个酬谢太湖之神的宗教仪式活动，原先三年举办一次。由于经济不景气，已经十多年没办了。它是繁荣的象征，因而村民们无不满怀期待。每个村都争着为迎神做贡献，尽力赢得围观者的称赞。这是村子的荣耀。

过往十年令人失望，但幸好一切都过去了。若不是屹立在下游的工厂改变了孬运，又如何解释眼下的变化呢？是由于龙王庙被毁，人们的日子才每况愈下？这个高耸的石砌工厂难道不是比神庙更顶用？村民们觉着，庙太容易被毁了，而工厂的大烟囱却不同。过去许多年里，村民们入不敷出，今年终于有所改观。他们可以安心地过个好年，不用四处举债付田租了。如今村中百姓因为这个工厂而有了安全感，他们相信，工厂与他们的命运息息相关，它坚不可摧，将会屹立不倒。

史大爷却不这么认为。他的想法正好相反，"这些农民实在蠢得无药可救，他们完全不知道那些人在吸他们的血。再过一年，我们就完了，彻底地被榨干"。与史大爷感同身受的人也是越来越多。四个月前还在怀疑史大爷的储老板，现在频频出现在茶馆，和他一桌吃茶。储老板后悔他没有在一开始就听史大爷的，致使自己损失惨重。他现在明白世道变了，他意识到自己不得不与过去的对手结盟。因为新敌人出现了，而且比他想象中的更强大。

对吴厂长来说，工厂在过去的四个月站住脚了。唯一不同的是，计划中的数字已经成了日常进账。四个月前他视作可能的如今已成现实。比如说，他之前决定以两个月为试验期。尽管中间遭遇种种曲折，但是产量已经按期提至所需标准。再者，他之前计划在一个月内将村里的原材料全数收购。他曾面临极大的财务压力，但是在第二个月到来之前，大仓库就囤满了原材料。更重要的是，他最近从上海出口管理部门获悉，在近期的出口产品中，他的产品质量最优。吴厂长并没有为此而感到格外兴奋，而是将之视为理所当然。他心满意足的并非生产计划如期完成，而是这些事实证明了他的方案是进入新经济秩序的一把钥匙。凭借这把钥匙，他将能够进入基于人道主义经济体制建立起来的升平之世。他知道世界在以特定的规则运行着。只要把握世界的运行规则，就可以迈向成功之门。

在过去几个月之中，一些人变化很大，一些人毫无变化，王婉秋则处在二者之间。

在进工厂之前，她仅有些许模模糊糊的不满足感。这工作会令自己满足吗？这是自己的理想吗？做这份工作，能对自己的人生自圆其说吗？或者，这只是一种平静安逸的生活方式？这一切她都需要，却没有一个能让她满足。过去的几个月里，她该得的都得到了。在同学之中，她的工作最好。理想，她也不是没有。她认同吴厂长说的，这家工厂将向一种新的经济秩序迈进。对这份工作的价值，她能明了，且已为此放弃了那些中国摩登女性的寄生生活和摩登城市的物质享受。她来工厂是为了服务劳动者，还有什么能比这更有价值的呢？距离她现在住的地方不远处就是片宁静祥和之地。诚然，镇子实是肮脏丑陋，但她只需稍走一小段路，便能抵达风景如画的太湖地区——这些她都有了，但仍然感到不满足。她陷入迷惘，如身在迷宫中一般。她需要的是一个家，一个窝，一个扎入泥土中的根，以及一个孩子。若说她缺乏的是爱，那就得定义什么是"爱"了。爱是两人之间无可替代的纽带。但这不是王婉秋想要的。她对任何人都没有这种感觉。她心底里有着李义浦，可李义浦只是一个能使她安定下来、建立家庭、生儿育女的人而已。对她而言，他只是一座桥梁，是她实现人生目标的手段不可或缺的部分。因而，并不能说她爱上了他。

但王婉秋在这四个月里将她模糊的不满足感转化为明确的渴求。她并不觉得自己应该做什么特别的努力来得到李义浦，她以为李义浦早已在她的掌控之中。如果她觉得李义浦不那么关注她，就会认为这是他对自己的不忠。她努力工作，正是因为觉得李义浦关注着她，批评并欣赏着她，鼓励着她。她其实并不喜欢工作本身，因为那些问题太过于模糊、抽象，只助益于考核。但由于她是为了自己工作，所以也间接地为另一个人工作。这"另一个人"，是具体而清晰的。

在过去几个月里，李义浦却在追寻着完全不同的道路。来工厂之前，他在一个小镇的中学教了两年的书。那段时间，他接触了左翼运动，然而他的小布尔乔亚思想总被批评。他从不接受任何未经自己判断的命令，这使他未曾参与任何实际的政治斗争，这大概是因为他内心沉湎于抽象理论。他感觉自己如同在看镜中花水中月，如痴如醉。李义浦之所以来到工厂，并不是要图个更好的工作，也并不是出于赞同吴庆农的观点，而是他想要加入阶级之间真正的斗争。然而这四个月使他感到困惑，现实不像甲就是甲、乙就是乙那般清楚分明，没有一个像数学那样的标准答案。

李义浦开始并不清楚这家工厂的性质。曾有朋友写信给他，指责这家工厂可能是"一种学究浪漫主义，一道资本主义烟幕，一个乌托邦理想主义的鸵鸟姿态"，但他觉得难以用单个术语来描述工厂。在厂里，他的职责是去村里招募工人、提供贷款及收购蚕茧等。去城里进行现代商业谈判、处理财务问题——日复一日，他逐渐放弃了用抽象术语理解这些活动的企图。玄奥理论能给他的帮助微乎其微。当他看到村民没有资金继续养蚕织丝，扒皮们索取高昂的利息，他并不需要借助任何经济学模型就能深知向村民提供贷款的必要性。从前他相信，只有从根本问题出发才能得出最终的正确结论，所以他要等到能够理清所有的根本性问题之后才下判断。对于一个学生而言，这么想不仅无妨，而且很好，但现在他必须直面生活。他在行动之前总是不停思考。但让他觉得奇怪的是，尽管缺乏长时间的系统考量，他的判断却也基本是合理的。李义浦难以解释到底是什么原因让他觉得工厂所实行的各类措施都无可厚非。

一旦接受了这些措施，他就发觉有许多障碍要克服。他斗争的目标是那些最直接的敌人。在斗争中，没有时间来思考唯物主义或唯心主义的问题。他开始承认情感的法则，理性终究只是一个附加的工具。

　　人生而战斗，难以想象一个人没有敌人如何生存。敌人愈是迫近，生活愈是仁慈。在战场上人无须瞻前顾后，只要把枪对准敌人即可。生命的意义等于用剑刺入敌人胸膛的深度。妻儿的哭泣，人性的卓越，自我的死亡，这些都意味着空无。这与神明对立，是女人无法理解之事。

第七章

————

  这是一个宝珠从未梦想过的世界。她站在大镜子前面，打量着自己。她的长辫子没了。她不由得问自己，为什么之前要留着这辫子？她轻抚着发丝，骄傲地看着自己。在她的脸上，不再有羞怯顺从，"我是个女人，我什么都不会"的气息也荡然无存。她那灵动的大眼睛扑闪着喜悦的光芒。这是一个新的世界，一个新的宝珠。

  在工厂的绩效体系下，宝珠在两周内迅速成为一名表现突出的员工。每天公告栏都会公布在生产产量和产品质量两方面工作优异的工人的名字，宝珠常常上榜。有一次她还被经理在大会上作为工人典范加以褒扬。他说："我希望你们所有人都能像张宝珠那样做好工作。你们进厂的时候，互相之间没有差别，但你们有的勤勉，有的懒散。勤劳工作归于你们自己的努力，不求上进也是你们自己的错误。结果就是，有些人做得好，有些人做得差。我们不偏袒任何人，但会按你们的工作来进行评判。每个人得到高薪和被众人表扬的机会是平等的。"听着这些话，宝珠感动地颤抖着。在村子里，她是个贫苦姑娘，一个被抱养来的儿媳，无人看重。她是个不幸的孤儿。难以置信她会得到称赞。到底什么是努力工作？她婆婆已经任劳任怨二十年了，谁夸过她吗？这个新世界的一切很不同，只要付出就会有收获。人生而平等。这使她忘记了所有的困苦。她不再一味顺从，而是有了为之奋斗的目标。她努力工作，不只为高工资，她想看到从自己操作的机器涌出最好的丝绸。超越别人本身成了一种安慰。

宝珠全神贯注地听讲，还是发现许多东西不得要领。为什么这些机器能够自己运转而村子里的那些却要靠双腿踩动？为什么村里产的生丝疙里疙瘩，工厂里的却光洁平整？……她追问得越多，渴望了解的东西也就越多。这个新世界让她惊叹不已。她确信的仅有一件事—— 一切都可以得到清楚解释，迟早她能通通理解。

工作之余，她还要上课，从课上她得知，是因为市场体制不合理，村民们才被商人无情地剥削。她不能完全跟得上课程，但她如今已清楚，村庄的贫穷，并不是因为财运或命运不好，而是与人为的制度相关。她发现自己和熟识的所有村民因自身的无知曾被无情地愚弄了，从前他们都把事情归结为不可改变的命运。她明白了事实的真相，但仍不知如何行动。知识对她而言如此珍贵，然而她不可能一下子全都掌握。这使她焦虑不安，似乎虚度了以往的所有岁月。

这天下班之后，她洗完澡，站在镜子前凝视着自己。这似乎是她第一次把自己看得不比别人差。有许多事她不懂，但到来年，她就能明白了。她看着镜中的自己，整理好裙子的褶皱。

"宝珠，有谁说你不漂亮吗？没必要整天照镜子吧。"

宝珠发现她的室友站在身后，不禁有些脸红。想要掩饰自己的窘迫，她相当生硬地说："你洗完澡了吗？我们去图书馆吧！"

"你怎么就这么喜欢当学生啊？好了，好了，等你当了皇后可别忘了我们。"室友说着跑出了房间。

孤独感向宝珠袭来，她感觉自己正在漂离同伴们。她不喜欢她们的闲言碎语。她哪会加入那些讨论发型、衣服、丈夫和其他此类无聊琐事的闲谈？她越不喜欢她们消磨时间的方式，就越与她们隔阂。"看看她，自从经理当众表扬之后，就把自己当个人物了。""她现在飘飘然，可要小心疾风骤雨，不然爬得越高，跌得越惨。"她厌恶这些冷言冷语，倍感孤独。

来到图书馆，她看到有些工友正围聚看每周画报。"宝珠，"有人叫她，"快来看这个女的穿得多糟糕。"宝珠走过去加入她们，假装很有兴趣的样子。当她们把书翻过来的时候，一张照片跃入眼帘。照片拍的是一面墙，墙上正中画着一面旭日旗，下方写着"还我河山"四个字。朋友们想要把书合上，宝珠阻止了她们，说："让我看看是什么。"画的底下写着一行字，她读出来："日寇强占我东北。"她认识每个字，但并不知道整句话什么意思。抬头看见李义浦正在门边，宝珠便问道："李先生，东北在哪里啊？"

李义浦向她们解释了1931年满洲事变始末。❶"你们应

---

❶ 原文为"1932年"，疑为作者笔误。——编校者

该读报纸，作为中国人不知国事是可耻的。中国是我们每个人的中国。"

宝珠喃喃自语："中国是我们每个人的中国。"这说法对她来说十分新鲜。大家看着李义浦，好像在等他再说些别的什么。但李义浦心里酝酿着其他的事情，他说："你是张宝珠？王先生想见你，今晚八点来她的书房。"所有的人都看着宝珠，而她却有些茫然，回了李义浦的话，又转过身去看画报。整个事情都透着吊诡，要是王先生想见她，为什么没让助手来说，或者在办公桌边的时候就告诉她？李义浦是怎么知道王先生要见她的？她又脸红起来，但没有人注意到，大家都在埋头看画报。

李义浦说了假话。王婉秋并没有让他叫宝珠。过去几天，他计划把工厂的工人们组织起来，形成集体力量。他意识到工厂时刻处于敌人的威胁之中。和吴厂长不同，他不相信任何个体力量。在他看来，为了保护工人和农民自身在工厂的利益，把他们组织起来是必要的。这是他近期工作的主要目标。基于宝珠在工厂的优异表现，他认为她兴许能够领导大家。但是，他跟女孩直接接触不太方便。这可能会导致误解，尤其是在这个传统规范顽强保持的地方。他必须通过王婉秋开展工作。他一离开图书馆，便径直前去找王婉秋，跟她解释了这番安排。王婉秋帮他叫上了其他有潜力的工人。这天晚上，他们制定了一个工人自治组织的章程。

宝珠离开王婉秋办公室时，已经十点多了。她一直想着李义浦的话，他说："你们必须保护自己的权益。你们必须组织起来，才能有自己的力量。你们不能总是像小孩那样等着父母照顾。唯一该相信的只有自己。一个能给工人带来利益的工厂，如果缺乏工人组织力量根基，那便如同建在沙上。如果你们想要维持当下的生活，就必须自己来争取，否则任何时候都有可能失去它。另外，你们必须意识到，有共同利益的人们必须团结在一起共同战斗。如果彼此分裂，没有人能独自战斗。你们才是工厂的主人。"

这一切令她十分困惑。难道工厂不是属于经理吴先生的吗？为什么他说工厂是属于我们的？她记起了画报上的照片，她不曾去过、从未听说的东北三省也是她的吗？为什么那个旗帜一旦挂到墙上，那个地方就被看作沦丧了呢？人们还生活在那里吗？那儿还有工厂吗？工人们还能挣得到薪水吗？她难以相信。

为什么李先生说，若是我们不维护它，工厂将无益于村民和工人们？它确实给村民送来了钱，但这难道不是因为好人吴厂长，像父母一样慈爱地救济贫弱吗？我们并没有做什么。我们被吴厂长招收。我们是工人。是的。他可以给予我们，也可以随时取走。但他要是改变主意，那我们又能做什么呢？经理是个好人，有什么会使他舍弃他的善良吗？他从未克扣工资，也不会对我们拳打脚踢。但李先生却说，我们必须为自身权益斗争，我们必须团结起来。我能团结那些爱说闲言碎语的愚蠢之人吗？

宝珠回到房间。她没有开灯，在黑暗中躺下思索。"李先生不可能是错的。我会渐渐明白他的意思。他会解释给我听的。"

她换下裙子，躺在床上，却翻来覆去睡不着。李义浦的样貌一直萦绕在她脑海中——他那挺拔的鼻梁、满脸的胡楂。她并未意识到这是个男人，至少她不能将他与三福放在相同的位置上。三福的身躯，三福的想法，对她而言都是具体的、真实的，熟悉而确然。她知道他能给她什么。三福的言语和举止从未让她心烦意乱。因为她对三福如此熟悉，也从未提过任何超过他能力的要求，也因此，从未对他有过焦灼的企盼。三福不常回家，她独自一人时，并不思念他，与三福在一起时她又欢喜他。三福就像她自己的一部分。（如同不看镜子一个人不会想到自己的面孔，只有看到镜子里照出自己才会意识到这张面孔不属于别人。）

李义浦给她的感觉则很是不同。她似乎从来没有看到他的完整形象。她印象中的他都是零碎的片段，有时候是他强壮有力的双手，有时候仅仅是他深邃的眼眸，有时候又是一些清晰犀利的话语，有时候则是他急促的步伐。她并不能将这些关联起来。甚至当她看到他的时候，他也仅仅是一堆碎片印象，朦胧，虚幻，就像一个影子。通过李义浦这个影子，宝珠发现了自己。她看到了自己眼下的无知和欠缺。也是在这个影子里，她发现了一条引领她通往新世界的道路，这个新世界于她而言模糊不清，但又似乎是她命中注定的未来。这个影子无法触知，透明幽微，催人深省，却没有自身的实体。

通过这个影子，宝珠也看到了三福。她想到三福应该上学，争取变得像李义浦一样渊博。就如李先生所说，丝行毫无前途，最终必将败落。为什么三福还要走上一条弯路呢？她的思绪又回落到了一个她能明白的对象上，那就是三福，她的丈夫。

第八章

　　李义浦走进候车室，坐在角落里，要了一杯茶。他看了眼手表，才十点零七分，还有二十分钟从上海来的火车才能进站。之前他接到吴厂长的电话，说他不能按原计划回工厂，要连夜坐车去南京。但因为他还有要事与李义浦商量，所以晚上会在苏州站停留。

　　按新历算，还有三天就是新年了。车站里挤满了年节归乡的游子，但一等座候车室的人没有那么多。室外既没下雨也没有飘雪，只是平常的阴郁冬日。数以百计的苦力和黄包车夫在车站外排着队，凛冽的北风吹得他们瑟瑟发抖。而候车室里炉火温暖，情形全然不同。

　　李义浦翻开报纸。有消息报道了最近上海一丝织厂的罢工运动。据称，罢工是因为工厂拒绝退还工人们的保证金。报上还说，某些外国势力牵扯其中，后者想要利用这次罢工来吞并工厂。上海的金融圈已经呼吁政府介入，次日将在南京举行会议。金融巨鳄蒋氏，可能被迫支持工厂。

　　这些新闻令李义浦十分震惊，它意味着帝国主义的威胁已经逼近中国新兴工业。火车到站的时间逐渐临近。他向站台走去，这时火车正冒着蒸汽开进站来。接站的所有人都焦急地张望着，等待的时间对他们来说尤其漫长。火车终于停下来了。李义浦陪着吴厂长去了候车室。

他们在一张桌边坐下。吴厂长掏出手帕，擦了擦脸。天气严寒，他并没有流汗。他只是想抹去站台的嘈杂、拥挤和混乱。

看着桌上的报纸，吴厂长问道："你看了罢工的新闻吗？"这正是李义浦想要谈的，因为他猜测这可能与吴厂长紧急前往南京有关。他回道："是真的吗？"李义浦指的是外国阴谋。

吴厂长会意地笑了笑，摇摇头，"不可能那么简单，报纸上说日本打算买下它，他们买了吗？当然有可能——因为它可以被用来掩盖真正的阴谋"。李困惑不解，真正的阴谋是什么？服务生端来咖啡，打断了他们的交谈。吴厂长心不在焉地搅着咖啡说："你不知道吗？"他看向李义浦，好似有千头万绪，却不知从何说起。

"这只是愚弄大众的手段。想想看，钱在中国人手里，他们别有用心地使工厂陷入财务危机以此谋取私利。他们还传播谣言说工人被日本人收买了。若是这些人对民族主义真的有点了解，问题就不会严重到要说服蒋氏援助了。真正的问题并非是日本人或中国人买下这个工厂，事态没有这么严重。工厂的资金缺口并不大，要是银行愿意延长信贷期限，根本就没有什么危机可言。"

"那就是蒋氏在耍花招了。当然，按你的意思，蒋不是日本人。"

吴厂长笑了笑，点点头。"大概也差不离。蒋某到底是中国人还是日本人差别不大。此事他谋划已久。你知道的，美日之间关系紧张，所以丝绸的价格今年又开始持平了，这给中国工业带来了希望。那间工厂是设备最好的几家之一。蒋某早就对它虎视眈眈。这次他的机会来了。他让自己的银行拒绝给工厂提供方便的财务支持，这使得工厂无力支付工人们的保证金。才有了这次罢工。"他小啜一口咖啡，继续说："这肮脏的交易却用爱国主义的美名来掩盖。名头越美，其实质越是不堪。他不会向民众公开真相，同时得到工厂和民众的传颂。真是'大英雄'。"

李义浦深吸口气，为吴厂长点上烟，说："当然，资本家是没有国界的。不。当国家不能作为他们的工具时，他们便抛弃了国家。"

吴厂长并不赞同。"我不愿意这么简单地说这件事，"他说，"我还是相信国民政府能成为人民谋求自身福利的工具。譬如，政府就应该废除现在这种自杀式的工业政策。"

"政府能怎么介入呢？这又不违法，而且你认为政府就算已经意识到了新兴民族工业的发展深陷阴谋诡计之中，就会做些什么，会招惹上海金融圈吗？"

"那就是我为何要去南京的缘故。"吴厂长说。

李义浦想到了他们自己的工厂，"吴先生，这是否会影响我们的工厂？也许下一个就轮到我们了"。

吴厂长喝完了咖啡，说："这正是我眼下想的事儿，也是我不能袖手旁观的原因。我到南京就是去取得政府的保证。但是，义浦"，他继续说，"你必须也意识到这个工厂和我们的工厂还是有明显区别的。他们对于工人的利益从来漠不关心。他们剥削工人，压低薪水，延长工时。工人对管理层充满了强烈仇恨，以至于一点火星就能点燃烈火。工厂老板以为通过提高红利，就能救下工厂，资本也会随之而来。那是错误的。红利越高，工厂就会越吸引金融家。现在蒋某已经介入，正是因为这家工厂太吸引他了。"

义浦并不觉得"是否关心工人利益"这样的差别足以保证他们的工厂能避免同样的危险。他感觉黑手已经开始伸向他们。他绝不相信政府能为他们做任何事。当然，他很高兴地知道吴厂长的想法越来越接近自己的观点，意识到了社会改革离不开政府的支持。进一步的幻灭会使吴厂长明白，不是每个政府都支持他的想法。更重要的是，吴厂长现在认识到工人不只是一股被动的力量，他们是维持经济体制的重要而活跃的因素。他希望有朝一日，吴厂长能不再以家长式的姿态对待大众。

吴厂长赶火车的时间临近了。他从行李箱中取出一包东西，"这是薪水和节前所需的开支。发放清单在这儿。若是我除夕还赶不回来，请你帮忙照料一切事务"。他暂停片刻又补充说："你之前提议我们应该更关注工农组织。我想，等我回来，我们应该进一步讨论这件事。"

李义浦叫了一辆车，径直回了工厂。第二天他收到吴厂长的一封来信。信里说，吴厂长提出的关于政府保护小型丝织厂的建议，已被工业部和丝业界代表联席会议采纳，吴厂长深受鼓舞。但同一天，他也从报纸中了解到工厂罢工已经结束，工厂已易手，蒋某现在是新老板。报上还有篇社论称赞蒋某在对抗帝国主义中取得了胜利。

第九章

航船驶入了村庄，宝珠站在船头。这是她第一次从工厂回家。她离开村子时还是夏天，那时荷花开得正盛，而现在却已是隆冬。这不是因为工厂不放假，实际上按照新的规定，每周日工人都不用上班。可是村镇之间交通甚是不便，一天之内不能往返。除非连放几天，否则工人们无法回到村里的家中。对宝珠而言，在她的新世界里，时光飞逝，以至于她几乎都快忘记了曾经的乡村生活。

张婶已等了宝珠许久。桥上围着一群人，翘首盼着他们的女儿或儿媳从工厂回来。眼看着船近了，女人们立刻喧哗起来。船夫有力地划桨前行，很快把船停靠在了桥边。孩子们急忙拥上前去，叫道："姐姐，你有没有忘记答应过给我们买的糖呀？"

这个场景让宝珠想起了离家之后已忘却的家的味道。这六个月就像是一系列互不相续的时间因子。现在她回来了。这是生活了二十多年的家，她熟知这里的每棵树、每块石头。踏上这片土地，一切好似都在张开双臂拥抱她。她后悔在过去六个月中几乎要把这些都忘却了。这一刻对她来说似乎比当初离开的时候更令人伤感，种种思绪纷至沓来，像是见到一位老友，她不知该笑还是哭。

宝珠提着行李，跃向张婶，挎着她的臂弯。张婶想帮她提行李，被宝珠拽住了，她只好叨叨："好，好，你可回来了。"随后她们一起往家的方向走去。邻里们纷纷出来迎接她们："宝珠，你可回来了。我们都很想你啊。这么好看啊，我们都快认不出来了。——剪了辫子更漂亮了。"甚至那些反对这一风尚，把剪短发看作模仿削发尼姑的人，也不得不承认，宝珠一点不像尼姑。

"早知道女孩这么能干、这么金贵，我们就留下更多女孩了。"一个老太太为曾溺婴后悔不已。

"哦，这得看女孩子各自的造化了。看我女儿，又蠢又笨。她能为我们做什么？谁能跟张婶比啊，有宝珠这样的儿媳妇！"

"你又不是不知道张婶之前遭了多少罪，老天爷公平得很。"

当宝珠走进屋里，大家的议论还没结束。

"妈，您猜我挣了多少钱？我听您的，将工资都存在工厂里了，不然我们怎么能有这么一笔钱？"宝珠从她的口袋里拿出一个信封，在婆婆面前打开，这是她六个月的工作所得。张婶四周张望了下，门如往常一样开着，但没人在那里。她转身背对着门。

"嘘嘘——，小声点。别让人看到——"这么一大沓崭新的钞票，张婶都看花了眼。

"妈，我来给您数数，十，二十——九十五。妈，我还给您带了一些东西。趁着放假，我给您做了一件新的棉毛线外套。您正月就穿上它吧。"宝珠感觉她自己这话很自然，而且音调很高，就像长辈从村里的集市回来给孩子们发糖果一般，"妈，他也有一件新长袍。这钱您留着。我想让他去上学。在丝行做工没啥前途。"

张婶只听着"妈，妈"，她应答着："好，好，是，是。"突然，她发觉宝珠在说要自己的儿子别在丝行做工。她把差点脱口而出的"是"字吞了回去。她惊叫道："啊，你说什么？！你觉得学堂是给我们这些穷苦农民上的吗？"

宝珠只是随口说说。她此刻有一肚子的话要说，所以没有回答婆婆的追问。她还没把箱子里的东西全翻出来看。她让婆婆坐在凳子上。"妈，您坐下，"她拿出东西来，"妈，这料子人家叫羊毛，又结实又舒服。"这是宝珠第一次能够送礼物给婆婆。以前，她能做的就是避免小题大做来取悦婆婆，而现在可以议论好坏了。从前她只能顺从，现在却能积极主动、操控局面了。她变了，这变化使张婶感到害怕。她怎能想到像宝珠这样的孩子能带回这么一沓钞票，还能送她这么好的料子。这时，她注意到宝珠还穿着旧裙子，这令她感动，又有点不适。她想着，这些钱也能轻易使儿媳妇打扮得像城里姑娘那般漂亮。"那你自己呢？哦不，不要给我这么好的料子。会浪费的。拿去给自己做件裙子吧。"

"妈，我不需要新裙子，我们穿制服。我学会了织毛线，我给自己织了一件套衫，暖和得很。妈，您不知道，在厂子里就没有冬天。他们不用生火，用蒸汽把整个地方弄得暖暖和和的。——看，我给您织了一条围巾。戴上，让我看看怎么样。"她拿出围巾，给张婶围上。"您觉得暖和不？您再也不会害神经痛了。我还给三福织了件毛衣。"

"别给我这么多东西啊。老天爷会嫉妒的，我要折寿的。"可是张婶的声音明明是充满感激的，她很幸福。她暗自思忖："我过去没有白白受苦。"

宝珠折好衣服，做了个鬼脸。"妈，我还当选了自治会的主席呢。您晓得的，主席的意思是头儿，自治意思是我们自己管理自己。"

张婶吃了一惊。"什么？主席，头儿——我这么信任你，是因为你少言少语，只管自己的事情。为什么你要当头儿？宝珠，不要干那事，枪打出头鸟。还有，自己管理自己是什么意思？你还年轻，要听先生同你讲的。从人家那里挣钱，一定要顺人家的意。我不明白女孩子怎么管理自己。不要开玩笑了。"她换了副声调，因为她发现宝珠有些失望。"宝珠，好孩子，你也不想我担心你吧。跟我保证，回厂子后就辞了。当头儿什么好处都没有，就只有惹麻烦。这是千真万确的，老话就是这么说的。"

宝珠完全没料到婆婆会有这种反应。她还记得自己如何走向讲台、当选主席的情景，千百双眼睛追随着她。这是一种荣耀，一种能慰藉亲人、报复轻看自己的人的成功。这难道不是三福为之奋斗、为之付出的目标吗？不是婆婆深夜抽泣时所企盼的吗？当选那刻，她为自己的丈夫和婆婆不在现场而遗憾。若是他们在，那选举对她来说就更是意义非凡了。她原以为婆婆得知此事会为她骄傲，没料到她的反应却正相反。她对此难以相信，婆婆却又唠叨说："做个好姑娘，不要出头。年末回来和我待在家里。"宝珠睁大眼睛环顾四周。是的，一切都张开双臂拥抱着她，这是她的家。此刻她却有些错愕了，这个家里还有她的一席之地吗？她的短发，她麻利的动作、充满活力的清亮嗓音，这些都与周遭格格不入。哪里出问题了？她真心热爱这一切，爱她的家，但一股无可抗拒的力量正在将她往外推。在她和这个家之间有什么正暗自滋长，已经不可能回到从前了，如今她属于另一个世界。别工作，别说话，顺从，接受一切，做命运的奴隶，重演婆婆的人生轨迹——她做不到。一切已无法逆转。她记得李义浦的声音，他说："你有你的责任，通过你，村里人将会实现现代化。"桑蚕吐丝作茧，蚕蛹破茧成蝶。蚕茧本身有何用呢？

她有些迷茫，她不知道怎么跟婆婆说。在这当口，邻居黄老伯举着长烟枪，饶有兴致地看东看西，他说："张婶，有这么个好儿媳你实在是有福分啊。"他看向宝珠："刚回来啊，宝珠？"

"老娘舅 ❶，您请坐。"张婶很高兴见到他。宝珠赶忙去备茶。"啊，你这么客气，我都不好意思再来了。我路过看到

---

❶ 在吴方言区，"老娘舅"是从母方兄弟引申出来的称呼，指那些德高望重的长者，他们乐于维持乡间公正、处理民间纠纷。——编校者

宝珠回来了。她好吗？”

“是啊，都亏了您黄娘舅的帮忙，不然她哪里能进丝厂呢？”老人抬头一瞥，脱下了帽子，轻抚了下他那细长的白辫子。

“哈哈哈，现在女人们也都把头发剪了。我们已经成老东西了，你说是不是，嬢嬢？我还记得二十年前我的小儿子去城里，他的辫子被警察剪掉了。起初他都不敢回来。他娘发现了以后，不是还不吃不喝、连哭三天吗？要是她现在还活着，再多的眼泪也不够流啊。”

宝珠插了一句：“可能她自己也想要剪掉辫子呢。”

“你觉得她还有什么头发可剪吗？”黄老伯大笑起来。

茶沏好了。老人将烟杆靠在地上，说：“宝珠，有没有听说你们工厂是共产党开的？我活了这么久，见过许多事，可是从没听说过共产党建工厂。你在工厂上班，你一定知道，——共产党——去年我在茶馆听说他们都在南方打仗，都说他们是现代长毛匪。”宝珠笑了，“这些人真是天才，怎么编出这谣言的？”

张婶不觉得这些话好笑，她记得宝珠说过她是某个社团的主席。她为此焦虑极了。“我不懂外面在发生些什么，但是宝珠，我是不是说过，对这些事，最好的办法就是不闻不问，你还年轻，没什么经验，要是你被骗了，我该怎么办呢？你看，李家儿子加入了叫什么‘共党’的组织，你晓得后来发生了什么。我们农村人过得安稳，为什么要去管那些事？要知足——我现在真的很担心，三福在外工作，我们管不了他，我希望他没事，真的，我很担心。"

老伯不知道张婶为何如此激动，以为是他的错。"别太当回事了，我不是那个意思，你还能相信现在的年轻人吗？从他们嘴里能得到什么呢？我认识厂里的人，他们都是好先生。你想想，土匪会借钱给我们，教我们养蚕吗？那些是胡说八道，纯粹胡说八道。"于是，他们转移了话题。

老伯又问宝珠："你知道工厂明年还会借钱给我们吗？宝珠，你有没有听到些风声？我们家想要知道明年该养多少蚕，要是他们明年不借钱的话，我们就不养这么多了。"

张婶插话："哦，是的，这也是我想问的，今年我们走好运，谁不想明年再多养点呢？"

"要是我们用蚕茧来还贷，工厂怎会不借钱给我们呢？"宝珠解释道，黄老伯对此颇赞同。

张婶记起自己想跟老人说些什么，她说："老娘舅，您知道的，三福已经做完他的学徒期了。我们不晓得怎么才能凑够出师钱。还差一百元左右。您觉得有没有可能组织一个经济互助会？明年新丝上市的时候，三福就能晋升了，但——"

"老实说，这是我们的责任。三福很好。你把他拉扯大不容易。他爹一定会很高兴、很宽慰。我们呢，作为他爹的朋友无论如何也会帮助他。好了，既然你提起了这事，我就想想办法吧。今年的收成不错，我想组织个经济互助会应该不太难。"

张婶很高兴。她又给客人把茶满上。"老娘舅，在我们这一起吃晚饭吧。今天因为宝珠回来，我备了些猪肉。要是您不介意的话，留下来跟我们一起吃吧。"

"我也很想，可家人还在等着。天都黑了，一天过得真快。回见！"

"那就再来坐啊。"张婶和宝珠出来，目送客人离开。

第十章

　　春天村里人格外忙碌，这会儿又到了收新茧的季节。大家满怀喜悦，因为今年的收成比去年还要好。三福一早就离开了村子，乘船前往师傅家。

　　从明天起，三福就不再是个学徒了，因为他带了足够的钱付出师费，将要被师傅提为助手，成为一名帮工。不到半个月，丝行就要开张了。到时候，三福会在店里帮着称货品。他盼望这个活儿五年了。现在，梦想终于就要实现了。他承受了当学徒的所有折磨，从打扫卧室到照顾师傅的孩子。他像奴隶似的工作，一直都极为顺从，对师母的臭骂，从未有一丝丝抱怨，对师傅和师兄们，则骂不还口，打不还手。所有这些都将结束了，明天，他将破茧而出。

　　三福在船上陷在沉思中，虽然四周都是欢笑，但他沉默着，充耳不闻。他正默念着母亲的话："你知道这些钱对我们来说意味着什么。这一半是宝珠挣来的，要是没有她前天托工厂收蚕茧的人带回这四个月的工钱，我们怎么能付得起这笔钱？你一定要记得啊，就算只为了她，也要好好工作。"是的，母亲把所有的希望都寄托在他的事业上。现在她已经完成了最后的责任，从今往后该是他回报母亲的时候了。

镇子越来越近了。它是否在欢迎新师傅？三福的师傅白手起家，现在却拥有年入超过一万的生意。明天起三福就成为一名帮工了。现在他已踏上了成功之路，朝着一个既定的目标奋力工作。这条铺平的路已经将许多像三福这样的人带向希望的园地。现在还没轮到三福。

他还记得母亲的告诫："现在你是个帮工了，可以挣钱养家，宝珠也就能回来了。我老了，盼着抱上孙子。"三福感到惭愧。他是个男人，却没有能力撑起一个家，还要靠妻子。他赞同让宝珠回家，他会担负起整个家庭的重担。今年他只见过宝珠几回。夫妻俩住在同一个镇子里，但他总被师傅看管着，不让他去工厂。三福知道师傅近来对他脾气为什么这么大。他连工厂都不敢提。但是工厂的哨声每天都提醒他工厂的存在。每每听到，他都想起宝珠。

工厂和镇里的日历不一样❶，去年冬天，宝珠按新历放假回家，他只能以母亲生病为由向师傅请假。就是短短几天。可他总觉得有什么东西在他心中回响，不断地噬咬着他。他隐隐感到害怕，担心失去宝珠。当然，宝珠对他相当好，她变得更好看、更有魅力了，但这些对他而言，又成了一种威胁。他觉得远远掉在她身后。越是落后，他越需要她，失去她的危险就越大。他只能期望时间就此停住，然而时间只会继续流淌。如同梦醒一般，假期过后他是带着爱与恐惧的复

---

❶　工厂通行公历，而农村仍使用农历。——译者

杂感受离开她的。

"我会养她。她会回到我身边，我们一起住在镇上。"他这样想。

三福到店里时，他的师傅储老板正忙着跟两位客人聊天。其中一位他认识，是收购蚕茧的赵老板，另一位胖一些的他还从没见过。向师傅报备之后，三福便钻进了自己的房间。这间房昏暗而狭小，在厅堂背面，没有窗子，泥洼屋顶嵌了一小块玻璃，透进一丝微弱的光线。房间跟厅堂只隔了一层薄薄的木板，他能听见厅里的谈话声。

"储老板，你真是我们的'智囊'。没有你，我们怎么能想出这个计划呢？"这是胖客人的声音。

"那帮人实在让人忍无可忍。他们太霸道了。去年，我不是几乎损失了三千？若是没有您的帮助，史大爷，我怎么办啊？"这是师傅的声音。

"这正是我说的'同舟共济'，用现在的话说，是'统一战线'。"赵老板说着，长笑不止。

"好吧，现在我们至少制定了计划。上海那边也同意我们的条件。他们占领工厂以后，那些不合理的预先付款、直接收购蚕茧的荒唐做法都会立马停止，而且他们答应鼓励家庭产丝作为丝厂的补充。你读了最近报纸上的那篇文章没？他们谴责了农村丝织厂。现在上海方面正等着我们的动作。时间一到，打个电话他们就会支援我们。哎，这家荒谬的工厂已经冒了个大险。我得到消息说，他们借了将近四万元给村民。蚕茧仍然在村民手里。如果我们阻止村民把蚕茧交给他们，上海方面取消信贷，这厂子就会立刻瘫痪。太冒险了，是不是？"史大爷问道。

"但是，真的这么简单吗？他们会不会有其他能取得紧急财政支持的途径？村民现在也没有那么好对付了。在这点上，我们必须万分谨慎。"储老板说。

"储老板，你可有些太小心了。你知道我们已经找人到村子里威胁村民不要把蚕茧给工厂。他们回来报告说事情成了。"赵老板说，"我们必须尝试各个法子，没时间浪费了。"

"不，我的意思不是说停下来，而是说需要采取一些步骤。我的意思是，在工厂——我们可以发动一场罢工，制造一场危机。这样，一切就会顺手拈来。"储老板说。

"自然，——你觉得我们能找到人做内应吗？"史大爷问。

"能，"储老板沉默了片刻，说，"这事交给我吧。"

对话中断了片刻。随之是一阵冷笑，笑声不像来自人类，反而像是来自魔鬼。这如同一把矛，扎进三福的胸膛，在他的心底里燃起了仇恨的火苗。此情此景不正是他噩梦中见到的吗？这不就是威胁过他、折磨过他、杀死他父亲、将他母亲变为奴隶的魔鬼吗？这魔鬼甚至没想到过受害者可能会反抗。这笑声反复回荡，就像魔鬼正扼住猎物的喉咙。谁是受害者呢？工厂、宝珠，还是他自己？

三福的态度可能使旁人感到困惑。难道师傅所争斗的不正保障了他即将开始的事业吗？难道这个职业不也是三福要从事的吗？若是师傅没有扛住来自新工厂的威胁，那么他刚刚在航船上所畅想的希望不就全都破灭了吗？如果他的脑子足够清楚，就应当明白，明天他就要成为帮工了，师傅去对付他们共同的敌人，他难道不应该深怀感激吗？在旁观者看来，他理当为了自己的利益站在师傅这边，储老板更是这么认为。他正想着工厂罢工的可能性。在他看来，三福的妻子现在很有用，因为储老板认为她一定会支持自己的丈夫。

可惜人不一定总是想得明白。说服三福站在师傅这边，还需要一些解释和劝说，但要说服他支持工厂却相当容易，因为在他和工厂之间，有一座显而易见的桥梁——宝珠。还有，师傅丑陋而尖刻的笑声，令他产生一种远离师傅的内在冲动。爱与恨不需要理由。它们可以控制人瞬间、确凿的反应。爱与恨塑造了历史的主流——历史是由一系列难以言明的、受感情驱使的行动积淀而成的。

若是说三福糊涂，那他的师傅又如何？若是他由理性主宰，就会清楚知道放贷者及其过高的利息已经牺牲了村民的生命。他也应十分明白家庭作坊无法在世界市场上立足，价格的下跌已经导致了民众的贫困。那么他就会理解新工厂对于国民经济来说不可或缺，毕竟他也不愿意看到国家力量衰弱。但他加入了"统一战线"，计划毁掉工厂。他的理性能够引导他吗？

三福陷入沉思的时候交谈又继续了。

"我们必须进一步讨论。中午来我这里吃饭。下午村民会来，我们需要你来对付他们。我站在幕后比较合适。"史大爷说。

"你说现在？"储老板停顿了一会儿，"我还有些事要忙。让我想想——好吧——三福，三福。"

三福走进客厅。

"三福，我现在要出门了。眼下金泰钱庄那儿有些急事。我已经安排好了，告诉他们我一会过去。现在你就出发，还能赶上去杭州的公车，今晚就能回来。这些钱是给你坐车的。"

顺从已成为三福的习惯。尽管他怒火中烧，痛恨这卑鄙的阴谋，仍然不自觉得依照师傅的指令行事。

三福到车站没几分钟就来了一辆车。他的思绪则已飘远。似乎在突然之间，公车冲出集市，向高耸的烟囱驶去，尖锐的汽笛声把他吓了一跳。危机迫近，而受害者一无所知。"我必须告诉宝珠，我不能瞒着她。"三福感到通知工厂是一个神圣责任。宝珠是他心爱之人，这难道不是宝珠的工厂吗？所以工厂于他也是亲切的。

他从杭州回来时，已经是晚上了。三福立马按照周全思虑之后的计划行动起来。他并没有直接回师傅那儿，而是去了工厂。他感到自豪，自己掌握着对工厂至关重要的消息。这毕竟是一个向宝珠证明他是英雄、是一个值得她爱的丈夫的好机会。

大门已经关上了。三福对看门人说："我有些重要的事要告诉张宝珠。麻烦让我进去。"

"但现在不是接待时间。您明天再来可以吗？"

"不行。这事非常重要。"

"那请等一下。我不能批准你进来，我去找王先生。"

透过门缝，三福看到了靠近岸边的建筑，一排排窗户都亮着灯，哪扇是宝珠的房间？多么奇怪，他们近在咫尺却无法相见。

看门人回来了，他说："王先生病了，她不想见任何人。我帮不了你。你会写字吗？"

三福不能再等了。他必须及时回去，不然他不知道怎么瞒过师傅，所以回答道："好，请给我张纸。我不知道明天还能不能来。"他写完纸条，又要了一个信封，仔仔细细地封上了。三福把信交给看门人，"请帮我直接交给张宝珠。我——我是她的丈夫——张三福，这事有些紧急。"

看门人笑着送信去了，三福则离开了工厂。

第十一章

那天晚上，餐厅里王婉秋的座位一直空着，她没有露面，只让女助理捎了话，说她不太舒服，已经睡下了。她需要休息，想独自待着。

她的朋友们对此感到惊讶。

"婉秋这整个月都不太对头。她过去很好相处，最近却经常大发脾气。"

"看她脸色苍白，日渐瘦削，工作太辛苦了吧。"

"今天下午我见到她的时候，看起来也没有什么异样。她和李先生出去散步，回来就径直回房休息了。可能是受了风寒。"

"风寒！聪明人吃亏上当了吧。"说话人会意地瞥了其他人一眼。

此刻，王婉秋正抱着枕头埋头啜泣，丝裙皱成一团，心乱如麻。她需要用哭来宣泄所有伤痛。她想放声痛哭，但是不能，因为她不愿让别人听见。她想摧毁手中的一切，却一无所有。她恨他吗？不，她不会恨他。正因为她不能恨他，她不知道如何是好。她只能恨自己。她为什么会爱上他？他有什么？一无所有。缘何她不能满足于把他当朋友？

为什么她执着于占有他——他的灵魂，还有他的身体。这都算了，但是为什么她没有委婉一些，为什么今晚她如此急切地向他倾诉？表白情意本没有错，但是为什么她要把他的犹豫当作断然拒绝，又匆忙间把他一个人扔在那里？她是想让他明白，自己只想拥有他，否则就会恨他吗？这是爱吗？他不是说了这出乎所料，不能立刻接受她的爱意吗？他说他现在已经老了，生活完全被工作占据，没有任何空余留给女人的爱。当然她是不会信的。这是个谎言。她不也工作吗？难道她不是越投入工作，就越感到需要他？工作代替爱情，对她而言，这不大可能。对他也仅是一个借口罢了。他不爱她，这是明摆着的。但她能接受这个结果吗？不能。

她又想：若是他不爱她，为什么还要如此坦白？"婉秋，请原谅我，理解我，我是如此感激。但我不能欺骗你。我不是要找什么借口。你的爱是如此珍贵。我珍视它，尊重它。但我不能接受它，因为我不值得这样的爱，也不需要它。爱情属于我的过去。这是我的心里话，理解理解我吧。"

稻田间的小路映照着落日的余晖，李义浦陪着情绪失控的王婉秋。"婉秋，"李义浦继续说，"这很痛苦，我已激情不再。我把你当作我的妹妹。我们刚才的交谈让我感到很痛苦，因为我害怕我们之间会因此疏远。还是忘掉它吧，而——谁知道将来会发生什么。"

王婉秋现在细细回想，懊悔不已，他并没有拒绝她，不是吗？为什么当时她不直接拉着他的手，同意忘记一切，勾销往事，看向未来？为什么她要一言不发，从他身边跑开，独自回来？这糟糕的一切都是她的错。她怎么还能恨他？他并没有对她做错什么。他真诚坦白，并没有说假话，也没有把她的爱当成路边的野玫瑰，随意采摘，任意丢弃。她现在只想找个地方躲起来，永远避开他。可她如何重新面对这个世界？人人都会嘲笑她，叫她怎么活下去。

夜阑。群星黯淡无光。她在床上翻来覆去。风吹开了窗，窗帘摇曳着，她感到阵阵寒意袭来。这倒使她略微舒缓，脑子清醒了些。"忘掉这一切吧，太傻了。爱是什么？毫无意义。我受够了。算了吧。我有自己的工作，在工作里我会找到生活的安慰，找到人生的意义。"她从床上坐了起来。

望出窗外，过了花园围墙，就是工厂办公楼。左边其中一扇窗户，透着灯光。那是李义浦的办公室。她看不到房间里的动静，但那灯光如同磁石般吸引着她。

向李义浦表白之前，她还能自持，还能舒缓内心那隐约的不满足感。夜里，她本可以读读诗，或是坐在河边逗逗鱼儿，但是一旦捅破了这层窗户纸，她便再难遏制潮涌一般的感情了。她必须得到他，她需要他，她不能没有他。她望着那盏灯光，想着或许他也正在等着她，或许他并没有对她真的失望，或许他正追悔莫及，或许他又恢复了曾经燃烧的激情，或许……不然，这时候他怎么还会在办公室？这一切都是她的错，她不应该这样撇开他。于是王婉秋打开灯，洗了把脸，扑了扑粉，换上黑色长裙。她脸色苍白，没有挂一丝笑容地朝远处的灯光走去。

不一会儿她就穿过花园，来到办公楼，她心想：他现在到底在做什么呢？也许自己不应该这样来打扰他。她转身绕到左侧，蹑手蹑脚地来到窗前。窗户紧闭着。她捕捉到里面传来一个女孩的声音，但并不能听清楚在说什么。"这么晚了谁还在他的办公室？"窗台太高了，她什么都看不到。她靠着旁边的树，踮起脚尖，往里张望。这下她几乎昏厥过去。那短发细腰，那背对着窗户的身影，王婉秋立刻就认了出来。"啊，原来是这样。"她一刻也待不下去了，现在她有了报复的对象。王婉秋毅然转身，拂袖而去。

第十二章

———

　　李义浦说的是真话。离开大学后，他就一直置身于一个斗争的世界之中。他未曾参与任何政治活动，但频频听说亲密朋友遭受政治迫害。在充满仇恨和报复的乱世中，他根本无暇幻想和平与美好，至于爱情，哪里有它的存在空间？爱情不过是荒唐的把戏，那只是女人为了生活变出的戏法。除了在电影里，哪里有女人会爱上游荡在爱情之外而无家可归、四海漂泊的男人，这个男人的心还受过伤。爱情，爱情，又一个美妙的词。

　　李义浦刚进工厂时，见到王婉秋，多少有些不解。他仍记得大学时代她对自己很冷漠。他本想让王婉秋晓得，自己还没有忘记这事。然而王婉秋的傲气、冷漠都烟消云散了，所有这些都留在了她已毕业的大学里。她变得平易近人、善解人意，使李义浦觉得没什么好报复的。

　　他逐渐开始享受和她在一起。他说服自己，这是出于工作方便的考虑。没有王婉秋的帮助，他无法在女工中展开任何工作。她是自己通往目标的必经桥梁。这也许是他对她好的唯一理由。但无论他的真实动机是什么，现实是，他俩经常在客厅闲坐，在田间散步，在公园共度傍晚。不熟识的人都以为他们是一对即将结婚的年轻情侣。

这天晚上，他们显然有点小冲突，或者小误会。两人像往常一样一起出门散步，却分别回来，李义浦回得还稍晚几分钟。他也很消沉，尽管仍旧去了餐厅。他独自坐在自己的房间里抽烟，心意难平。他觉得自己刚才太冷酷了，不知道这会有什么后果。他还需要她。但事情变得难以收拾，王婉秋大抵会恨他，这会打乱他的计划。但是他能做什么呢？正想着，李义浦突然记起还有一些紧急的工作要做。吴厂长还在上海等着他关于收茧情况的报告。他们需要收茧来担保信贷。但奇怪的是，蚕茧的供给量竟没有达到预期，于是他赶忙去了办公室。

他正埋首苦读村里收茧人的报告，听到有人敲门，便抬起了头，如触电一般激动。这还能是谁呢？他发觉自己其实一直在等她。他必须收拾好这个局面，可不能再像傍晚那样说话直率而缺乏体贴了。

"李先生，我能进来吗？"不是婉秋，而是张宝珠。她怎么会在这个时候来？李义浦十分讶异。

宝珠走进办公室并关上了身后的门，看到李义浦兴奋的表情，赶紧解释道："李先生，我有非常重要的消息。我见不到王先生。她生病了，所以我只好直接来找您了。请您不要介意我这么鲁莽。"她走到桌前，递给他一封信。

整个房间里都弥漫着浓烟，李义浦已有些心烦气躁。他打量着还穿着整齐工作服的宝珠，她用平稳坚定的言语说着话。李义浦的手不住地颤抖着，被袅袅烟雾勾画了出来。

"李先生，这是那封信。"宝珠发现李义浦心不在焉，正睁大着眼睛看着她，她想离开。但她被他吸引住了，怔住了。李义浦是个男人。这明晃晃的灯光，缭绕的烟雾，热烈的注视，微颤的双手——啊，她进入了一个本不该进入的世界。这个世界只在她梦中才会出现。她无法从中逃离。

李义浦回过神来。罪恶感让他清醒。他在想什么！他一声不吭接过信。

"您请看。"宝珠补充道。

李义浦读道：

"我师傅和史扒皮制定了一个方案，打算攻击你的工厂。我听到他们密谋威胁村民不要交出蚕茧，并且已经和上海那边达成协议，要切断工厂的财政支持。他们还在策划一次罢工。我很抱歉今天晚上没有当面和你说。但是我会随时告诉你事情的进展。三福"

"他是谁？"李义浦低着头，指着落款问道。宝珠站在窗边，看着李义浦，却没有听到他说的话。

"三福是谁呢？"李义浦抬起头。

"他——他是我的丈夫。他是丝行的。他师傅是储老板。"

李义浦对个中情况很清楚。自从在公园里看到这群人碰面，他就一直留意着他们。他频频地从各种途径打探消息，尤其从茶馆里的小二那里。他早已怀疑村里蚕茧延迟交货这事背后一定有鬼。让他大吃一惊的是罢工。他咬着笔，坐着沉思了片刻，自言自语道："罢工。"

"我不相信这真的会发生。"宝珠郑重地说。

"我赞同你的看法,这绝不可能。"

李义浦拿起电话,拟向接线员请求接通上海的电话。他没有抬头,用笔头有节奏地敲着桌子。显然他在计划着什么。

"长途电话。请帮我接上海东亚饭店,西 10-12。——您好,西 10-12 吗?您能帮我接 64 号房间的吴先生吗?"

"我是义浦。——是的,我给你打电话就是要说这个事情。你说银行在制造麻烦?——什么?他们说要拖延两天才能定?——但是你真的认为这两天不会有什么意外吗?是的——我想我们必须谨慎,因为我刚刚收到一则消息。状况似乎证实了这消息。——消息来自丝行,厂里一个女工的丈夫,在这儿。我读给你听——"

李义浦把信读了一遍,继续说:"我认为上海方面一定是参与其中了,否则为什么他们收回承诺,还推迟安排?村里收茧工作也出了差错。我们的收购量只有预期的百分之四十——是的——你的意思是银行要求还贷?——但是我不认为这儿会发生罢工——"

李义浦用英语继续说:"她现在就在我身边,消息来自她的丈夫。——不,我不认为情况有这么糟。"

过了一会儿,李义浦又改用中文说:"明早吧。我会到那里去。——是的,是的,——我想我们可以应付,没有罢工便没有危机。——回头见。"

李义浦放下电话,露出自信满满的笑容,他转向宝珠："这事迟早会发生。还没那么糟。谢谢你带来消息。我们还有充足的时间。"

他又点了一根香烟，接着说："但是，这件事必须保密，要严格保密。你不要向任何人提起，我信任你。"他把信放进口袋，"请让我保管它"。

宝珠全神贯注地听着每一个字。她感到一个召唤，一个能拯救工厂的秘密召唤，一个能拯救这个有益于乡亲的机构的使命。她为自己能在应对危机中发挥作用而欣慰。她感受到自己的力量，这证明了以前"我是个女人，什么都做不了"的想法的谬误。她松了一口气，仿佛已经看见胜利的曙光。她是勇敢的，她正在投入到战斗中去。

李义浦又说："我明天一早赶去上海，晚上回来。如果我需要找你，会给你打电话。"他停顿了一下又说："如果我让你做什么，你一定遵照我的指令做，之后我会再向你解释。我会记得你为我们所做的。你晓得的，这个工厂属于我们所有人。我们保护它，是要保护我们的共同利益。若是它需要我们牺牲，我们就要义无反顾地牺牲。人生的幸福不在于求得回报，我们最大的回报就是人民的幸福。危机可能就要来了，我们所有人都要竭尽全力。"

宝珠带着一种从未体验过的新感觉离开了李义浦的办公室。她的心跳得很快。

第十三章

黄老伯从杨保长的家里出来，面色不悦。他路过张婶家时，张婶刚从溪里洗完碗碟回来，还在家门口站着。天色昏暗，夜幕降临。张婶看到黄老伯，叫住了他。

"老娘舅，您怎么了？"

"唉，现在的年轻人实在可恶。"

"啥事情呀？他们又惹老娘舅您不高兴啦？进来坐吧。"黄老伯随她进了屋，坐到门边的凳子上，那儿还有点光亮。他就着给烟斗装上烟，张婶进厨房放碗碟的时候他就抽上了。

张婶出来的时候，黄老伯指着对面的凳子，"你也坐"。看起来他有许多话要说。

"您都这么大把年纪了，别太把那些小瘪三当回事。这年头，老人不被尊重，不然世道怎么会一天不如一天。"张婶努力安慰怒火中烧的黄老伯。

"尊重？我不在乎这些鸡毛蒜皮的小事，可我不能理解这些人为什么这么荒唐。他们瞎了眼了。都不管这个村的死活了。你知道为什么那个'大鼻子'杨保长叫大家到他家去吗？他没想到我会去。幸亏我去了，不然我们大家又被要得团团转。"

"您是说那个大鼻子？我不是要背后说人坏话，可他实在太自私了。我不知道实情是咋回事，他们都说他借着'清鬼'（选举）❶的机会大捞了一笔。"

"这还不是最过分的，反正我们也没有掏钱。但这回，你知道他想做什么吗？我不知道谁收买了他，但肯定有人。他今天从镇上回来以后，就告诉那些年轻人不要再给工厂送蚕茧，还说其他村都拒绝再交了。他扬言这家工厂是'共匪'管的，谁给他们送茧谁就会被当作'共匪'。"

张婶等不及黄老伯说完，便惊慌失措起来，她插嘴道："什么！阿弥陀佛，又乱了！我的宝珠怎么样？前天她刚寄工资回来。她会不会有事啊？"

黄老伯接着说："你信这些年轻人吗？他们胡说八道，荒唐透顶！工厂借给我们钱，帮我们养蚕，他们没有任何感激，还叫人家土匪，传播这些谣言。虽然世道变了，可你难道相信帮助穷人的人是土匪，那些还了合法贷款的人会被抓起来？他们就算把我这脑袋砍了，我也不信。人总要有点常识。他们总笑话我们这些老家伙不了解新世界，但有些事能变，有些不能变。张婶，你说我讲得对不？我不反对我孙女去学堂，虽然我觉得女娃娃不要浪费时间在读书上。但读书反正也不会害她们。她们想剪头发，就让她们剪啊。这些事

---

❶ 在吴地方言中，"清"与"选"、"鬼"与"举"谐音，故"选举"被读成"清鬼"。在费孝通笔下，村民将"选举"读成"清鬼"是含有反讽意味的。——编校者

情我们不能顽固不化。但现在他们拒绝还贷款，还威胁我们不许交蚕茧。你说明年工厂怎么还会借钱给我们啊？村里头会怎么样？要是我们不交蚕茧，那怎能指望工厂再借钱给我们？到时候我们不就又得找扒皮借高利贷。"

张婶没留意老伯在说什么，她一心担忧着自己的儿媳，惦记着宝珠的安危。当然，她绝不是认为宝珠成了土匪，但她很清楚这个世界并不在乎真相，多少人被安上土匪的罪名处死了。共党到底是什么，张婶丝毫不关心，只要她的儿子和宝珠能回来陪着她，即使镇子被烧了，她也无所谓。"老娘舅，我们是妇道人家，不晓得那么多。我就是担心宝珠。她年纪轻轻的，不懂事。别人一夸她，她就转过头跟着走。她之前告诉我说她是工厂里的主席，主席是啥？您听说过吗？"

"主席？那可是个官。你说宝珠是主席，当官了？不能啊，这不可能的。"

"千真万确，她自己告诉我的，她说自己是工厂女工的头头。"

黄老伯吧嗒吧嗒大口抽着烟，摇摇头。"说实在的，我们都老了，跟不上时代了。我不晓得我为什么要活这么长来看这种日子。在我爹那时候，日子过得幸福。只要交了税，他们就是皇上，谁会来管他们？现在——看看李家儿子，我很喜欢这孩子，聪明、实诚。我以前总说，他会是我们村的骄傲。他离开村里去上学时，我去送行就对他说：'你读完书以后做个好官，回来的时候全村人都会赞颂你。'万万没想到，他被指认说是个共党，没有人知道他在哪儿。这孩子真成了土匪？天晓得。"

张婶视这番话为宝珠有危险的警示，她会变成李家儿子第二。张婶听说李家的儿子被逮捕时，心里其实没有多大感觉，只是可怜他那发了疯的母亲。但现在轮到自己的儿媳妇。这怎么可能是真的？

黄老伯看到张婶很紧张，又补充道："不用担心，我前天才见到工厂来的先生。那里一切都照旧。要是可以说的话，因为我晓得你的情况，以前不愿说，可如今是时候了，现下你已经攒够了三福的出师钱，我觉得让宝珠回来也不是什么坏事。不是说她靠不住，但你晓得，这孩子相当漂亮，人又伶俐，别人很容易嫉妒她。现在的人和我们那时候不一样了。以前，大家说话都谨小慎微。别人有什么过错，我们都是大事化小。现在，他们往往无中生有，从别人的损失那里捞好处。三福没有爹，所以我们想到什么，就该老实和你说什么。"

张婶听了感激不已。

老头儿接着说："你有这么个儿媳妇是天大的福分。有她在，三福一定会更稳重。但你要是不介意的话，我就直说了，他们结婚两年了，该有个孩子了。让他们分开生活，毕竟不是很好。子孙后代才是顶要紧的事，花多少钱都没地儿买。"

张婶大为触动。她确信必须要把宝珠叫回来。要是出了差错，叫她怎么面对死去的丈夫？那样，她二十年来的心血也都要枉费。

"老娘舅，您说我们能把宝珠叫回来吗？"

"为啥不能？我们又没有把她卖给工厂。若是我们不打算挣钱了，就可以把姑娘们叫回来。工厂的先生们通情达理，不像那些小赤佬，脑袋空空又到处惹事，不毁了这个村都不罢休。"

"我必须去把我的宝珠带回来。多亏您了，老娘舅。我们什么都不懂，幸亏有您提醒。"

这天夜里，张婶辗转反侧，难以入眠，这世道让她眼花缭乱，只想逃得远远的。是对是错，她不关心。长夜漫漫，她一刻也等不及了，她决定第二天一早就去镇里。只要宝珠回来了就不会有危险了，在家就安全了。

第十四章

张婶不是唯一彻夜无眠的人。王婉秋也没睡。她不再像夜里那么迷乱了，所有事情现在都真相大白。她爱的那个人并不爱她，而是爱另外一个人，一个工厂的女工。他低俗、卑鄙，还口口声声说对她讲真心话！说他不需要爱！骗子！实在无耻至极。她觉得似乎失去了某种曾经拥有的东西，被偷走了她不可分割的一部分。她被挫败，被羞辱。她不能让事情就这样算了。她要反击。她怎么能接受自己输给一个工厂女工？摆在她面前的是一场新的战斗。她告诉自己，这样的人不值得她爱，但她必须反击，然后摧毁他，惩罚他，撵走他，是他败坏了她的声誉。

第二天早上，她按夜里做出的决定，叫来一名和宝珠同村的工人俞柏森。"立刻去把宝珠的婆婆带来。"俞柏森瞧见王婉秋面色苍白，神情严肃，疑惑宝珠到底怎么了。他问："王先生，怎么了？——"心不在焉的王婉秋回答道："怎么了？让老太太来把宝珠带回去。她和李——"她猛然打住，突然意识到自己不应该向一个工人透露任何事，那样会有损她的名誉。于是补充道："什么都不要说，将她婆婆带来这里就行。"俞柏森边转身离开边说："当然，当然。"

尽力隐藏他的察觉。

张婶错过了被派来接她的人，因为她已搭上了去镇里的航船。她思忖着，宝珠喜欢待在工厂，肯定不愿意辞职，因此她一定要好好地同王先生商量一下。王先生是个善良的女人，定能理解别人的难处，会帮助她。

张婶到了工厂，请求见王婉秋。还没到午饭时间，她就出现在了王婉秋的办公室。王婉秋很惊讶张婶竟然自己来了。一宿无眠，让她对预料之外的事感到紧张。她发现自己难以冷静下来。可张婶什么都没有察觉，她一心想着找个让宝珠回家的借口。

没等王婉秋开口，张婶就用哀求的口气解释她来的缘由："王先生，我——我来领走我的儿媳妇，宝珠，张宝珠——当然她在这里非常好——非常好，不能再好了——上辈子她一定是积了德，不然怎么能遇到像你们对她这么好的人。但，但是，王先生——您晓得我一个人在家，您晓得人老了干不了重活。自然地我就想儿媳妇能在家帮我。"张婶偷偷瞟了王婉秋一眼。王婉秋看起来不太高兴。张婶以为是自己的说法不够充分，接着补充道："她的丈夫，就是我的儿子，现在已经满师成为帮工能挣钱了，所以他不想让妻子在外面工作。"她挪上前去，小声说："他们是年轻人，把他们拆开不太好，王先生，您明事理，他们已经结婚两年了，但是还没有——我这个老婆子就盼望着死之前能抱上孙子啊。"

王婉秋现在明白了，张婶没有碰上她派去找她的工人。保险起见，她又问道："你是搭今早的航船来的吗？"

张婶不明白这个问题的来由，但她立刻回答道："啊，是的——是的，整个晚上我都愁得没有合眼——"她意识到自己不能道出真正的原因，于是紧接着补充说："我不是因为担心她在工厂里，哪能找到比工厂更好的地方？但是……但是因为——因为我老了，我不能干活——"她实在找不到更好的理由了，只好吞吞吐吐地说："先生，你们都是好人——"她说得越多越混乱。王婉秋打断了她。

其实，王婉秋根本没有在听，她正内心窃喜："事情怎么会变得如此顺利，这么凑巧？"若是她事先知道这老嬢嬢会主动前来，那她自然就不会另外派人去接她了。那样一来，事情就会简单很多，也免得节外生枝。她现在就能辞退宝珠，还不用提到李义浦。

王婉秋也为良心所困扰。她不该这样善妒。即使李义浦真的爱宝珠，她又有什么权力干涉他？这和她有什么关系？况且，她觉得他们之间的爱情只会是麻烦事，不会修成正果。她晓得李义浦是一个以事业为重的男人，必然会考虑到和一个工厂的已婚女工堕入爱河的后果。早晚众人的议论会迫使他放弃这一企图。到时候她不就又有机会了？但若是她去散布流言，那么他们的嫌隙就无法消除了。她应该选择怎么办？是毁了李义浦还是挽救他？是同他决裂还是等待良机？现在有了一个不会伤害到李义浦的简单办法，可以消除她的所有烦恼。

"你的意思是想叫宝珠回去？不让她再在工厂里工作了？但她在这里干得很好。工资多，吃得好，住得好——你还想要她回去？"

张婶感到交涉失败了。她恨自己嘴笨。她说："哦，是的，是的，但——"

王婉秋不待张婶开口，就接着说："你要明白根据现有规定，若是你把儿媳妇带回去了，她再想回来工作，我们就不会要她了。"

"明白，明白——"

"我们不能强迫任何人留下，每个人都是自由的，若是你主意已定，那我会让宝珠跟你走。"

"谢天谢地，阿弥陀佛，您真是大善人啊。可是，王先生，宝珠还年轻，她可能不愿意回去，她喜欢工厂。您必须找个道理劝她才行。"

王婉秋点点头："午饭时候，我会把宝珠交给你。"

干完活后，宝珠被叫去了王婉秋的办公室。得知婆婆也在那儿，她十分高兴。但当她走进办公室，她注意到气氛相当尴尬。王婉秋脸色苍白，而她的婆婆一动不动，看着宝珠。

王婉秋对她说："张宝珠，你可以回家去了，你婆婆专程来接你。"

王婉秋注视着这张她昨晚咒骂了无数次的脸。她恨她，恨不得把她撕成碎片。她尽力使自己平静下来，但她的心境，她的嫉妒和仇恨，暴露了她的目的。

宝珠本能地察觉到事情有些不对劲，她不晓得这是怎么回事，便问道："回去？还没放假，为什么要回去？"

张婶用祈求的眼神望着宝珠。王婉秋冷冷地骗宝珠说："我刚刚接到总经理吴先生的电话，他交代说你最好回去。这是你的工资，和你婆婆走吧。"她为了推卸责任，撒了谎。

宝珠立刻回想起李义浦之前对她的嘱咐，她急切问道："他们刚打来电话了？李先生已经到了吗？"她本不应该说这些，这原本就是秘密，她向李义浦保证过不会跟任何人提起。

王婉秋大为震惊，宝珠怎么知道李义浦去了上海？为什么李义浦离开得如此匆忙，没有给她留下半句话？王婉秋以为宝珠定是知晓所有事，这使她火冒三丈，但同时又有一种获胜的感觉，因为她的情敌已陷入了绝境而毫不知情。于是她狡猾地笑道："李先生到没到上海，对你来说有什么差别吗？"

"没有，没有。"宝珠飞快地补充道，并转身对婆婆说："好吧，我们走。"她想不通为什么吴厂长命令她离开工厂，但是她没问出口，她对李义浦有信心。李义浦不是告诉过她若是有任何事情要她做，他们会打电话给她吗？她不能在李先生回来前询问个中原因？她知道在这场危机中自己有太多事情无法理解，只能闭着眼睛跟随他。

她的果断在王婉秋看来却是个威胁，这似乎表明宝珠正等着什么来电。她其实是骗她的。这一切背后有什么秘密？李义浦突然前去上海，宝珠的婆婆意外到来，还有宝珠一声不吭地走了。王婉秋困惑不已，她在那沉默地坐着，看着宝珠离开。

第十五章

———

工人俞柏森乘着航船到了目的地，他按照王婉秋的吩咐去接张婶，可是等他到村里时，张婶已经去镇上了。张婶家的门紧锁着，他上前敲门，却无人应答。恰巧"大鼻子"杨保长路过，他叫住俞柏森，问："柏森，你怎么在这？来找谁呢？"

"工厂派我来接张婶，但是她不在家，我也不知道上什么地方找她，您知道她去哪儿了吗？"

"什么要紧的事情还专门来接她？"

"什么事情？——我可不知道，反正肯定有什么问题。估计宝珠要被辞退了。"

"这也太奇怪了。我还以为宝珠很受喜欢。"

"喜欢，是的，太受李义浦喜欢了。"

"你说谁？"

"我不清楚。跟我有什么关系？您晓得不，王先生对这个事情很不高兴。"

"哪个王先生？那个总是和李义浦在公园里散步的女人？"

"不然还能是谁？"

"她是不是嫉妒了？哈哈——以前大家都说他们俩是一对，现在宝珠插了一脚。真新鲜！"

"谁管这些，管他呢。"

"来我家喝个茶吧。"

"不了不了，谢谢您。工厂严得很，我必须赶回去。您要路过别忘了来看我们啊。"俞柏森回到船上，离开了村庄。

杨保长是个多事之人，他和镇上的人闹得很熟。去年，政府要求普选，每个村都要投票。镇上有人为了得到湖边村的票，就贿赂政府让杨某当了保长。村里人只在正式场合喊他一声保长，背地里都叫他"大鼻子"。

老人们很不喜欢他，因为他从来不为村里的好处努力，而是利用职权谋取个人利益。

昨天，杨某去镇上见赵老板，得了一笔好买卖，兴高采烈。赵老板答应他，如果他能拖延蚕茧交付给工厂的时间，就给他五十大洋。当个保长毕竟不错。

他回到村里后就威胁村民说，若是他们上交蚕茧就会被当作共党处置。正说着的时候，黄老伯来了，他打断杨保长，让他不要到处说这种瞎话。如果工厂明年不借钱给村民，杨保长就要负责任。杨某的任务其实就只是传播谣言，若是谣言被当真，他是什么责任也担不起的。在村里，黄老伯颇有威信，有点常识的人也怀疑为什么要不交蚕茧。从别人那里借了钱，就要还回去，欠债还钱，难道有什么错？这和共党或土匪毫无关系，因此大家都支持黄老伯。这让杨某骑虎难下，他已经答应赵老板了。他保长的位置能不能保住要看他对镇上人有没有用处。如果他干不好镇里人交代的事，就会丢了这顶乌纱帽。

现在，他听到了俞柏森提供的消息，顿时有了主意。赵老板不是说要发动一场罢工来打击工厂吗？如果他散播流言说宝珠和李义浦有不正当关系，甚至夸大说宝珠在李义浦床上被捉奸并即刻遭解雇，那么效果会更轰动。这样一来，工厂里的每个姑娘都不安全。这个肮脏的地方没人干净得了。这让女孩们的父母担惊受怕，自然就会把她们都带回去。这不就等于一场罢工？——一个远比共党之名更有效的威胁，共党是可怕，但村里人都清楚他们不是土匪，可要是你告诉他们闺女在厂里会被强奸，就会引发巨大恐慌。这个主意的价值显然远不止五十大洋。

杨保长立刻回家开始散播谣言。他还备了一条船，并向村里人宣布自己将第一个去把女儿带回来，好好盘问一番，看她是不是出了什么差池。如果有任何差池，他一定不会放过工厂。这在村里引起了轩然大波。凡是女儿或儿媳在工厂的人，都急急忙忙地如法炮制。在别的村有亲戚的，也纷纷奔走相告。这可不是件小事。他们怎么能把自家姑娘留在这么肮脏的地方？谣言传开以后，每个人都随意添加了点自己的想象。到了最后，它变成实在且不可否认的事情了。

杨保长到了镇上，径直去找赵老板。赵老板不在，于是就去找储老板，要告诉他自己的谋划。佯装生病的三福，待在自己房间里，仔细地听着。

昨天他汇报之后，师傅对他非常和善，还说："三福，今天你累了，去休息吧。我晚上还有些事要做，你不用等我。我想着你来这里已经五年了，做事一向很好，如果交不起出师钱，我会帮你想些办法的。——明天我再跟你具体谈这件事。"

这是储老板计划的一部分，他打算利用三福的妻子来掀起罢工。他知道三福为了筹够出师钱，急得像热锅上的蚂蚁似的，若是免除他的这笔费用，三福一定会对他言听计从。但是早上来了许多客人，他还没有来得及具体说这件事。

杨保长一进来，储老板就直接问道："事情进展得如何？"

"有新进展"，杨保长说，"张宝珠，我们湖边村的一个女孩，三福的妻子，她在李义浦的床上被抓了个现行。李义浦是工厂的厂长助理。他们俩一起被捉住，宝珠现在已经被解雇了。"

储老板一听到这个消息就皱起了眉头，因为事情已经偏离了他的计划。

"我已经让全村人都去把他们的姑娘接回来。储老板，这不就是罢工了吗。"

"是的，这是个更好的计划"，储老板想着，"一切尽如人意。工厂的命运已经板上钉钉了。没有比这更让人盼着的。"杨保长注意到储老板点着头，晓得他意识到了这个计划的价值，于是走上前去，说："但是——储老板，"

"当然，当然。"储老板伸出四根手指。

杨保长对此并不知足，比了比五根手指。

三福在隔壁屋子听到杨保长的话，整个身体都瘫软了，只觉眼前天旋地转。宝珠竟做了这么不要脸的事情！他没有怀疑这消息的真实性。这不正是经常发生在他梦里的情形吗？它早已深深地扎根在他的心底。就像在梦里一样，若是没有特别费力，他断断不会加以怀疑。其实他一直期望着这样一场罢工。他哪方面能比得过宝珠呢？他总是想到自己的缺点，总感到自卑，他不配做宝珠的丈夫。他无法和她共同生活，但又缺乏勇气承认自己的不足。

宝珠苗条的身姿，深情的双眸，娴雅的举止，甚至她的眼泪——这一切都不复存在了，不再属于他了。他真是没用的傻子，连自己的媳妇都留不住。他仿佛听到别人正嘲笑他："自然啦，鲜花怎么能插在牛粪上？"受这样的羞辱，他还怎么活得下去。三福跳起来，抓上钞票，冲了出去。

交了出师钱就更坏了，他不想要她的钱。反正他也不需要这笔钱了，师傅会免了出师钱。他要去告诉宝珠他不要她的脏钱，他能靠自己获得成功。他恨宝珠，恨李义浦，恨工厂，他要毁了这个工厂。终有一天他会向宝珠证明他比李义浦更厉害。三福以为宝珠已经回去了，于是便立刻叫了一条船，向村里奔去。

杨保长的五根手指让储老板颇为窘迫，他说必须和史大爷商量，两人便一同前往。另一边，储老板又派人去验证杨保长的消息。史大爷刚起床，一听储老板来了，衣服都来不及披，趿着拖鞋就往"花厅"走。"花厅"也就是接待室，用昂贵的红木装饰，雕梁画栋，墙边摆满了名贵古玩。朝南有个小花园，园中假山精巧，由专门从广西运来的石头垒成。那假山远远望去，宛若灵鹤伫立，四周有翠竹环绕，洒下斑驳的绿影。这个花厅是本乡名胜，象征着富贵和格调。杨保长还是个孩童时就听过史家大厅的传说。现在他发现自己正站在厅里，不由紧张起来。他真的能在花厅中被接待吗？他自行坐下，一名漂亮的女佣端上茶说："老爷，请喝茶。"老爷这称呼对杨保长委实是恭维之词，他感觉自己已然跻身上等人行列。

"这是史大爷，这是湖边村的杨保长。"储老板做了介绍。

杨保长别扭地站着，结结巴巴。史大爷没有搭理他，径直坐到一张椅子上。

"杨保长说厂里的一名管理人员和女工通奸，"储老板一边说着一边用脚在桌底下轻轻踢了踢史大爷，"我们之前让他阻止村里交付蚕茧，杨保长认为这件事可以用来促发罢工。您觉得呢？"

史大爷摇了摇头，冷冷地说道："不，不，这种事在工厂里很常见的。哪个姑娘没跟管事的有点见不得人的关系？"

史大爷的话大大出乎杨保长的意料，他以为史大爷没有明白其中要害，努力解释说："大爷，我们正在把姑娘们都从厂里叫回来，那工厂还怎么生产？"史大爷不作理会，打开一盒卷烟，拿出一支，又把盒子递给储老板，但储老板说："不了，谢谢，我不吃香烟。"

"哦，我记性这么差，"史大爷转头对佣人说，"你怎么不把水烟斗拿上来？"说这话时，史扒皮完全无视此刻正为自己的卑微而泄气的杨保长。储老板对杨保长说道："如果情况不属实，你准备承担责任吗？"杨保长注意到情势急转直下，咕哝道："这是俞柏森告诉我的，他跟我这么说的。"这时女佣进来，说："储老板，有人要和您说话。"储老板对史大爷使了个眼色便出去了。外面是他派去核实杨保长说辞的人，汇报说："现在宝珠和她婆婆的确已经搭着航船回去了，三福也走了。据说三福看起来怒气冲天，但我们还没有听说厂里有什么动静。"

储老板命他去各个茶馆散播消息，然后召集村里的人把自家的姑娘都叫回去。"让村民们在茶馆集合"，储老板交代。那人走了之后，储老板让佣人把史大爷叫了出来，两个人谋划了一会。史大爷去给上海方面打电话，储老板回到花厅，接着和杨保长谈话。

"你看，史大爷并不觉得你的计划是个好主意，但无论如何你为我们办了些事，我们仍希望你还能接着出力。"储老板伸出两根手指头，而杨保长早已泄了气，觉得自己毫无讨价还价的余地，也就接受了这个金额。储老板扔给他一沓钞票说："这是一百，另一百事成之后给你——我们没有现成的钱——你晓得，如果事情进展顺利，还会有回报，你可以信任我——大伙儿还在茶馆里等着。你最好去趟工厂，让你们的姑娘都回村里，越快越好——但是，记住了，千万不要破坏工厂。懂了吗？"

杨保长把整沓钞票装进信封，塞进口袋里。得到储老板的指示后便出门去了。

第十六章

航船渐渐靠近村庄，岸边聚拢了一群人。他们看见张婶和宝珠，嚷嚷起来，手指着她们。船上的乘客不明所以，几个人走到船头去大声问到底出了什么事。

他们远远回答："那个工厂，实在太可笑了，你们不知道吗？宝珠在你船上，是吗？她是不是——"张婶惊诧不已，出什么事了？宝珠在这里，她怎么了？她走到船头，向左邻右舍喊着："宝珠在这。没啥事呢。"岸上的人七嘴八舌一片混乱，她只听到了"宝珠，宝珠"，大家用充满敌意的眼神看着她们，就像宝珠做了什么坏事一样。

终于，黄老伯从人群后头走到前面，对大家说："不要给宝珠捣乱。不要听信那些毫无根据的谣言。你们不应该这样指责宝珠，等事情确定了再说话。"张婶浑身发抖，他们又在说"共匪"的事吗？但这回她确信宝珠在工厂没惹事。无风不起浪。张婶抓住宝珠的胳膊，确定自己不是在做噩梦。黄老伯走上船，对张婶说："我不知道谁在嚼舌头。但大家都在说宝珠被辞退了，是因为她不检点。"

"确实是不检点！她在厂长助理的床上被抓了现行。就是这么回事。"

"这事还没抖落出来，真可惜啊！他们还没开始就被打断了。"

"老早我就说过，她把辫子剪了一定有什么猫腻。哪个男人能忍得了，这个勾引人的妖精。"

一个女人插话："闭嘴，瞧瞧你自己，男人没一个干净的，都是猴子。"

张婶听到这一切，只觉得一阵寒意从脊梁往下串，她能做的只有念诵佛号："阿弥陀佛，阿弥陀佛。"但宝珠面对这样的无端侮辱可无法沉默，她挣开婆婆的手，跳上岸，对着人群说："哪一个先胡讲八讲的？人在哪儿？为什么不露面？"

这让所有人都无比尴尬。他们没有料到宝珠会站出来质问，他们聚在这里只是想一睹耸人听闻的戏里的女角。他们本以为宝珠必定已经变了，所以都兴致勃勃地来围观她。可她一如往常，众人顿时失望不已。听到宝珠要求对质，大家面面相觑。每个人都觉得自己只是来看戏，谁会在这个时候跳出来做指责她的恶人。

"站出来！到底是谁说的？一定有人最先造谣。"

人群开始散去，纷纷说："不关我的事。我就是听别人这么说。自己没有见着，所以就来看看是不是真的。"

"这可不是个小事，怎能瞎给人扣帽子？"另一个人说。

有个人的声音盖过了其他人："这不是'大鼻子'挑的事吗？不是他还能是谁？"

宝珠听了这话，说："他在哪？我去跟他对质。"

"杨保长，他去哪了？"有人问道。

"他去镇上带他闺女回来，一大群人都跟着他去了。他们不是说要放火烧了工厂？"另一个人回答道。

"我觉得他已经走了很长时间了。"

宝珠大为惊骇，立刻明白了事情的前因后果。她对婆婆喊道："快，我们必须回去。"但张婶已经几近昏厥，靠在宝珠身上没有应声。

黄老伯走上前来："不，不，别这么急急忙忙，我相信你，宝珠，但现在我们必须弄清他为什么要造这个谣。"

张婶突然大哭起来："都是我的错，我这个扫把星啊，消停消停吧，求求你们，不要再逼她了。有什么罪过我担着。老天爷惩罚我吧。为什么我要让宝珠去工厂啊。"

黄老伯打断她："快别说这些，回屋里说吧。"他转身又对人群说："别信那些鬼话。宝珠不会做这样的事。"

人群渐渐散开了，许多人都同意他："我就说这绝对是假的，不然她怎么能这么理直气壮地站在这儿？"

张婶进屋了还在流泪，她喃喃自语："昨晚我听你说是共党在管厂，担心得整宿睡不着。今天一大早我就赶去工厂，请求王先生让宝珠回来。王先生人很好，但是我担心宝珠不愿意回来，所以王先生就告诉宝珠是吴厂长打电话同她交代的。宝珠什么都没有做错，是我求她回来的。我不知道谁传的谣言，为什么要这么做。"

宝珠立马打断了她："你跟我走。我们中计了，被陷害了。快，我们必须回去，不能待在这。"她现在明白自己遭愚弄了。一定是幕后黑手先散布谣言称工厂是共党经营的，为的就是吓唬她婆婆，让婆婆去叫她回来。接着他们又造谣让大家把闺女、媳妇都领回来。宝珠这下识破了他们的诡计。恶人不择手段。她必须赶回工厂，揭露他们的阴谋。但黄老伯不理解宝珠所说的，他以为宝珠要去镇上找"大鼻子"，说道："不要这么着急，我自会找他来给你赔罪。"

"哦，我不是这个意思，这是他们的阴谋。工厂有危险，我必须去，请借我条船。"

外面又有人群喧哗声。三福回来了。他面如死灰，浑身是汗，冲进屋里。

宝珠其实并没有意识到这个谣言是针对她本人，只把它当作对工厂的攻击。她后悔不应该跟着婆婆回来。匆忙之下她没有时间解释所有的情况，旁人自然无法理解她为何如此紧张。他们试图阻止她。她现在看到三福回来了，以为他也知道这个秘密，一定会帮她。不正是三福给她送的信？她觉得他俩心意相通，毫无嫌隙，他是她的一部分。于是宝珠径直对三福说："天哪，你在这，快跟我去工厂。"

三福根本没有注意她说什么，他什么都不想听她说。他只想告诉她自己现在是怎么看她的。他怒不可遏，整整两个小时都在压抑怒火，无处发泄。船实在太慢了，路又那么远。现在他终于找到目标了，他要把长久以来压得他喘不过气来的一切都宣泄出来。三福随即从口袋里掏出黑色的纸钞，向宝珠扔去："留着你的脏钱！你个不要脸的东西。"这是他早已计划好的环节，无须思索，完全是自然和本能地爆发出来。他不仅借此发泄了自己的怒气，还消解了他这一年多来内心的挣扎。

张婶哭得停不住："杀了我吧，杀了我吧！我只想眼一闭了。你们爱怎么样就怎么样。"黄老伯拦下了三福："你这是做什么？傻小子，难道你也相信这些无中生有的瞎话？"

宝珠睁大眼看着他。她觉得那不是三福。她不相信那是三福。她的三福不会这样对她。这时，她琢磨了一下谣言的内容。那张英俊、睿智的脸庞有可能和她产生关系吗？那蒙蒙烟雾，灯光下的一瞥，那些昨夜让她难以忘怀的种种印象顷刻间都涌入脑海。她发觉原本不可能的事情现在可能了。这让她觉得自己好像错过了什么，错过她本可以拥有、一直等着她的东西。宝珠十分失落。此刻三福于她是个陌生人，这是她的全新感受。有一堵墙悄然把他们分隔开来。若是三福都认为这是可能的，为什么她不这么做？她从未如此仔细地打量过三福，但是分开了一段时间以后，她便能看清站在面前的这个人了。他不就是那些不信任她的人中的一个吗？诬陷她，侮辱她，攻击她？他不就是愚笨、无知、低俗、粗鲁的那个人吗？他还值得她的关心、爱和奉献吗？不值得。她看错他了。她不想和三福针锋相对，因为他不是她的敌人。是她犯了这个错误。宝珠扑倒在张婶的怀里，痛哭流泪。她什么也顾不得了，她只想要一个母亲，一个可以在她怀里哭泣的母亲。

黄老伯跟三福解释说："三福，三福，冷静一下，别人说宝珠被开除了，其实这件事不是真的，是你娘去把她带回来的。昨天晚上她告诉我她很担心宝珠，所以今天一早她就去找宝珠了。我们都不知道哪里来的这谣言。"

此时三福情绪已缓和下来，他见母亲勃然大怒，而宝珠不住地啜泣，便不再吭声。谣言？他不知为什么自己听到这个消息时丝毫没有起疑。三福开始反省，这是杨保长对他师傅说的，为什么他要为此困扰？在回来的路上，他不是看见许多航船急急忙忙地去镇上接他们的姑娘吗？他们不是想发动罢工吗？谣言？他站在那儿，意识到自己也中计了。他看着散落在地板上的钞票和倒在母亲怀中的宝珠。这一切是怎么回事？宝珠在这里，他并没有失去她。听着宝珠的阵阵抽泣声，三福的直觉告诉他，宝珠不会背叛他。他也离不开宝珠。但眼下的状况，他没法靠近她，没法在她面前忏悔和道歉。他不知如何是好。

黄老伯看到三福的态度已经转变，于是把他拉到座位上说："年轻人总是太鲁莽，现在你总算弄清楚了，我去叫'大鼻子'来赔罪。你俩还有很长的路要一起走，不要把这事放在心上。你俩不要因为这产生什么嫌隙。听着，你娘受了太多苦，不要再乱发脾气。就算真有什么事，又怎么样呢？人活着要朝前看，过去的就过去了。这就是个谣言，你应该相信宝珠。这件事就这么了了，宝珠会回家里来，以后不再去工厂，避免生乱。你，三福，回你师傅那儿。今年你就要升帮工了，说话做事要像个男人。"黄老伯捡起地上的钞票递给他。张婶对老人感激涕零。

但宝珠没有接受黄老伯的劝解。她还记着她对李义浦保证过不会有罢工。现在，罢工一触即发，而李义浦还远在上海。要是李义浦得知她辞了在工厂的工作，紧接着就爆发了罢工，她一定会被怀疑是策划者中的一分子。她不想给李义浦留下一个错误的印象。为什么自己要这样？她看到三福已经改变了态度，便起身擦了擦眼泪，没有看一眼三福，对黄老伯说："请借我一条船。他们阴谋打击工厂。我们不能待在这里什么都不做。谣言不重要，迟早会被澄清。但要是所有人都把自家姑娘叫回来，工厂就完了。"

阴谋，阴谋，这对张婶是个新鲜词儿。但它一定以某些方式和主席、自治以及其他或多或少危险的东西有关联。在张婶看来，谣言的根源必定就是宝珠成了所有女工的头头。人心善妒，枪打出头鸟，她必须阻止宝珠。"不，宝珠，你是个好姑娘。听我的，别管闲事。我告诉过你不要去当领头的。你不听，不去辞职，现在可好，你看看都发生了什么！你还想着要回工厂！"张婶转身对黄老伯说："老娘舅，您得阻止她呀。大事化小，小事化了。只要我们自己不卷进去，都会没事的。我实在再也受不了任何打击了。"

三福虽然已经承认宝珠的不忠之事纯属子虚乌有，但是心底里还是无法释怀。宝珠若是继续去工厂工作，任何事情都有可能发生，威胁并没有消除。他不想宝珠离开自己，他有能力承担家庭的重担。他也逐渐能体会自己和师傅之间的纽带关系。若是未来只能从事师傅那样的手艺，那么，固守这样的职业毕竟也不算太坏。他一言不发。

宝珠转向他："你还在犹豫不决是吗？你真的想看着工厂被毁？想看着那个姓史的再扒我们的皮？"

姓史的！那个扒皮！这个名字刺痛了张婶的心。他是她的敌人。是他害死了她的丈夫。她从未提起过这个名字，但从不曾忘记。她知道自己无权无势，无法报仇。她也很清楚，跟儿子说这事于事无补。这不但帮不了他，相反，还会妨碍他的前程。儿子能逃脱这残暴的魔爪吗？她又何必要培养儿子对敌人的仇恨呢？让一切到此为止吧。逝者已逝，不要让生者活在他们的阴影下。

但就在此时，她完全失去了控制。她发觉虽然自己不再提及旧事，但恶人并没有放过她。如今，他们又要毁了她的儿媳。张婶意识到这回已经无处可逃了。

"什么？你说什么？又是扒皮！他害死你父亲还不够吗，还要来欺负他的儿子。——哦，让我像你爹一样死在他面前！来吧，我不想活了！即使做了鬼我也不会放过他！"

直到此刻，三福才真正幡然醒悟。他做了一个噩梦。这个噩梦使他做了这么多蠢事，错把仇人当朋友，又侮辱他心爱的人。他跳了起来，一句话没说，径直出门找船。

宝珠冷静了下来。她看到甚至连婆婆都站在自己这边。她不是要去复仇，而是要去拯救工厂，去保卫村民们的未来。她看到黄老伯也做此想，便试图说服他。

"老娘舅，您清楚这是史扒皮的阴谋。自从工厂借钱给咱们村里人，他就再也没皮可扒。他就要完了，于是他才谋算着毁了新工厂。就是他传播的谣言！他骗了我们大家！他诱导村民去把女工们都叫回来，我们不能让他得逞。这不仅事关工厂，而且关乎我们所有人，村民们会遭殃的。老娘舅，您是村里的长老，更明白工厂对我们意味着什么。大家是不会听信我们这些年轻人的。请和我们一起，我们一同去斗争！"

老人先前就怀疑杨保长被人收买，暗地里图谋不轨，现在一切真相大白。听完宝珠一席话，他被说服了。"这些自私自利的小赤佬，居然要出卖村里人的性命！当保长就是为了这个吗？"他低声说："来，我们都去吧！"

不一会儿，十几条航船就从村里向镇子驶去。这时已然早过了晌午，将近三点了。

第十七章

李义浦离开了。吴厂长独自一人坐在房间的沙发上，烟斗飘起的烟雾笼罩着他。现在还是初夏，海边的气候却已让屋内闷热异常。他略微开了一扇窗，透点新鲜空气，但楼下街道的喧哗嘈杂声也跟了进来。他孤身在这阴暗无光的屋子里。时钟显示已经下午了。

门关上了，可李义浦的身影还在他脑海中挥之不去。吴厂长照了照镜子，觉得些许不快。他不仅注意到自己不像李义浦的面部轮廓那样线条分明、硬朗，而且也缺乏他那样的活力和激情。他当然更有想法，更有权力，更乐于工作，但他似乎并不加入任何团体，除了自己及构建的理想，他不属于任何人。他的理想似乎也深藏于心，是灵魂深处的一部分。兴许有时他能在外在世界找到某些东西与自己的理想相呼应，但外在世界仍是模糊不清、身影不明，他甚至感受不到它的存在。工厂，蚕茧，丝绸，劳工，这些统统虚幻不实，自身毫无价值可言，只是通往理想的临时桥梁而已。他活在自己的世界里，倍感孤独。

吴庆农又想到李义浦。就在这一年，有些东西激发了他的活力。一种自己无法理解的新力量触动着他。他是个活生生的人。和每个人一样，他有失望，有担忧，但这些充实了他的生活。生活不是在真空中，而是在相互吸引而又互相排斥的人与物当中展开的。

吴庆农渴望有什么东西能让别人不把他看作一个职位，一个理想，一个符号，而是一个人，一个有爱有恨、有血有肉、有生有死的人。

他再次把烟斗填满。抽烟有什么用？只不过提醒他，理想正在消逝。一只黑手正逐渐伸向他，但这只手也同样模糊难辨，不可触摸，是一个他看不清的敌人。它不仅是一个人，而且是一股势力，正计划着摧毁他。他并没有被击败，因为他已和李义浦制定了相应策略。他想起李义浦跟他说："现在我们遭遇了危机，您的家长主义到了它的极限，派不上用场了。只能指望工人和村民是否能保护他们自身的权益了。"这是种"中间人"观点，"中间人"总把自己视为第三方。问题是仅靠村民和工人的帮助，工厂就能得以存续吗？由于银行撤走贷款，他们要是无法提前卖掉下个月的成品，势必将无法全额支付蚕茧的钱。要得到足够资金，就有必要扩大生产，就要在这关键时期延长工人工时。

这是李义浦提议的防守策略。他们已成功进行预售，所筹资金足以购买八成的蚕茧。要是村民能照常让工厂收购蚕茧，他们就能以原材料作为担保获得一笔贷款。到了下周，危机便会解除。然而，风险是他们必须在这周末前交付生丝。这点李义浦已经给吴厂长保证，工厂定会安然无恙，而工人们也会很乐意赶工赶点来帮助厂子渡过难关。

特殊时期，吴厂长不再坚持不增加工时的原则。面对这场危机，在他的理想之外，还有其他更要紧的事。这就是他自己。他倍感蒙羞，无法接受这场没有斗争的失败。内心燃烧的仇恨驱使他决不妥协地去战斗。他虽是坐着，但思绪如同这缕缕烟雾，飘浮在空中。他在等。一切皆有可能，万事都没有定数。他的心悬在空中，唯有继续等待。

直到五点，还是没有任何消息。宾馆接待处打来电话说有一位沈先生要见他。沈耀庆？这是个陌生名字。"请带他来。"他说道。他走进客厅，进门的是一位年轻人。

"吴先生？"

"是的，是的，沈先生。请坐。"

客人身着时髦西服，样子得体，但举止有些僵硬，与他的楚楚衣冠格格不入。

"蒋老派我前来见您，他有紧急事务要处理，无法亲自前来。"沈自我介绍。

沈某是金融大鳄蒋老的代表，去年正是蒋老"拯救"了那家受罢工影响而岌岌可危的工厂。现在他要来"拯救"吴厂长了。这个客人来得恰是时候，吴厂长正需要找一个合适的对象来发泄他的焦躁。

"蒋老？哦，是的，是的，你代表他来的。我能为你做什么？"吴厂长说话带着讽刺意味。客人毫不在意，他早已习惯了。沈某仍彬彬有礼，就像一个演员在背诵人尽皆知的台词。"其实您的困难只是一桩小事，老人家听闻您身陷资金危机。您晓得的，吴先生，蒋老对中国丝织行业的发展一直甚是关注。当然了，一旦您开口，他将非常乐意为您排忧解难。"

"哦，当然，当然，众所周知，蒋老对丝织业特别重视。我们对他感激不尽，不曾忘记他的功德。可是，也许我们不配受到他如此高尚的关怀。"吴庆农濒临情绪失控，他现在懂得了上海金融界幕后黑手玩的什么把戏了。脏狗！他鄙夷这些家伙。

但沈继续说道："我们猜想今天上午您已经签订了合同。所以不由为您所承担的风险感到担忧。自然，您肯定可以下周交货，是吗？"

吴庆农略感惊讶，对方显然掌握了所有信息。但他不露声色，给沈递了支烟，缓和了些气氛。他表示，这类信息并不见得可靠。沈某接过烟，十分礼貌地补充道："当然，当然，我们并不相信这类无稽之谈。像您这样见多识广的人，吴先生，不会冒险的——"吴替客人点上烟。

来者接着说："我们都是为了丝织业而奋斗，这是最重要的民族工业。我们都希望它能顺利发展，有利国家强盛。民族危亡之际，我们更应放下个人利益，精诚合作。对付共同的敌人。"

吴庆农该如何回应？如此冠冕堂皇之词。他只能愤愤地抽着烟。

"吴先生，很抱歉，我能请问一下您收到工厂的新消息了吗？"来客似乎已经有点不耐烦，直接提出了来访的目的。吴庆农不明白他所指何事，说："蒋老似乎比起我们的共同敌人更关心我的工厂。"他话还没有说完，隔壁房间的电话就响了。沈某正惬意地靠在沙发上，吴庆农请客人稍候，容他去接电话。

　　吴庆农回来时，表情复杂，他的客人明白了这通电话捎来的正是他所期待的消息。电话是工厂打来的。王婉秋简短地汇报了紧急情况。工厂被村民包围，他们要求把自己的姑娘带回去。现在工厂关上了大门，所有女工禁止外出。如果民众破门而入，就再也无法维持秩序。已经五点一刻了，李义浦在路上，但他半个小时之内不可能赶到工厂。吴庆农命令王婉秋要不顾任何代价保住工厂，除非村民闯入，否则不要让女工们回去。此时，他已经准备好屈服了，于是他告诉王婉秋，几分钟之后会来电，到时候会有解决的办法。吴庆农想到自己所有的心血、所有的新机器、所有培训过的工人——此刻，这一切都将被暴徒摧毁。他心痛不已。必须保护它们，无论任何代价，就算牺牲自己、牺牲理想也在所不惜。现在一切昭然若揭，煽动民众的人正坐在隔壁房间等着他的屈服。如果他接受沈某的条件，威胁就会立刻消除。所以他挂掉电话，走了出来。

　　但一走进客厅吴庆农就改变了主意，他无法接受在敌人面前受辱。沈某以为是受降的时候了，他站起身来，捋了捋外套，双手插在口袋，迎上前去。这个姿态立即激怒了吴庆农，刻骨的恨意袭上心头，他不顾一切，即使破产和毁灭都在所不惜。他绝不乞求敌人的怜悯。就算看到整个工厂被彻底烧毁，他也不会接受这个卑鄙肮脏的家伙提出的任何条件！是的，他完了。但他决意不把工厂拱手让给敌人。他拒绝谈判，等着最坏的结果到来。

沈某看着吴厂长脸上白一阵红一阵，坐下来后却一言不发。他开口问道："吴先生，是什么坏消息吗？您若是有困难，就像我说的，蒋老会很乐意帮您的。"

吴庆农苦笑。"非常感谢。请转告蒋老，我感激不尽，没齿难忘，但很遗憾他将白白浪费可笑的精力，一无所得。他看错我了。我不为利益而活，就算我的理想无法实现，我宁愿看到它被摧毁，也不会让它被亵渎。"

"您这是什么意思？谁不知道您的工厂是一项社会实验，是我们现有最好的工厂之一？例如去年，你们生产出了最好的蚕丝。因为这个原因，蒋老一直抱憾没有加入你们。吴先生，您晓得的，眼下日本人无时无刻不对我们虎视眈眈，我们不应该把精力消耗在内斗上，我们必须团结一致。譬如，现在您经济方面有点小麻烦，这不是什么大事，只要您接受他的援助，这点困难就迎刃而解。蒋老说他愿意接受您提出的任何条件。"沈某偷偷瞟了一眼吴厂长，继续说道："如果您的工厂有任何紧急事故，镇上也有人很乐意帮忙，一切都会好的。为什么您要提到摧毁和亵渎呢？中国需要的是建设，需要的是像您这样胸怀大志又能干的人才。整个中国的丝织业就全靠您了。"

吴庆农不再愤恨，而是怜悯，他为这些可怜虫感到可悲。他们为了这些利益条件，为了蝇头小利出卖人格。即使成功了，又能获得什么满足？真正的敌人已经迫近。他们很快就会意识到战火无情，到时候又如何为自己辩护？一个人成功还是失败皆无定数，但荣誉是掌握在自己手中的。

"沈先生，我笨嘴拙舌，只好直说了。请回去告诉蒋老，我十分感谢他，但他必须清楚，如果我的工厂真的毁了，我绝不会感到痛惜，因为我从中吸取了教训，这教训的代价值了！你还年轻，但我希望你会有足够的时间去认识清楚这股违背大众利益的反动势力，无论其目的为何，手段为何，名义和旗号为何，它的本质就是如此！"

沈某一头雾水，但他想起巨大的打击会使人发疯。吴庆农现在一定是疯了，因此他立马离开了。

门在他身后关上了。吴庆农再次独自一人，但他已不再迷茫。他学到了人生的一课。

第十八章

————

　　吴庆农收到的丝厂消息情况属实。杨保长召集了大约六十名村民要前来接走他们的姑娘。四点，他们就把工厂的大铁门围得水泄不通。但大门紧闭着。外头的人群叫喊着要进来。这让工厂员工惊慌失措，不知发生了什么。

　　吴厂长和李义浦都不在的情况下，王婉秋主持工厂工作。她出来问村民是出于什么理由要领回女孩们。一听是谣传说经理助理和厂里的一个女孩通奸，她立刻意识到这必定是宝珠在报复。宝珠是她个人的敌人，她决不能投降。王婉秋回到办公室，给警察打了电话，还打给了在上海的吴厂长，但对方一直占线。她现在唯一能依靠的只有大门和围墙的力量。一旦人们冲进来，就会引起恐慌。

　　工厂里，一些人锁紧门窗躲在屋里。另一些人正帮着工人们一起挡住入口，但没有人理解流言从何而来，因为他们很清楚这绝对不是真事。但没时间争论和解释了，杨保长纠集的人群也不会听他们争辩和解释，只会动手。

　　车间里干活的姑娘被禁止离开。她们看向窗外，模模糊糊看到一大群人聚集着。因为不知道这是父母来"解救"她们，十分惧怕。

外头聚众闹事的人越来越多，其中一半是女工的父母，他们因自家的姑娘身处险境，焦躁不安。大烟囱吞下了小孩，现在这坚固的铁门又把他们和身处恐怖之中的囡囡们生生分隔。她们落入"共匪"的手中被糟蹋——简直是地狱！这些人只想要他们的女儿，只想保护自己的孩子，别无所求。另一半人则是从镇上来围观的。这可是个大场面，自从十年前的湖边迎神活动之后，再没见过这么多人聚集在一块。多么轰动！他们不会错过任何好戏。耸人听闻的谣言像磁铁一样吸引着看客。人群越聚越密集，看客越来越兴奋。他们混在闹事的民众之中，没了自我。他们忘记自己只是来看热闹的，也加入了行动。大门现在成为众人的主要目标。杨保长竭力维持秩序，因为储老板交代不能破坏工厂。至于警察，镇上只有少少几个。就算史大爷没有暗示，这种局面下他们也不敢出面。几个警察如何能维持得了上百人的秩序？其实，他们也穿着便服隐藏在人群中，和其他人一样尽情地大喊大叫。他们若是不以警察的身份出现，史大爷在过节时就会给他们奖赏。

五点一刻时，工厂和吴厂长取得了联系，厂子里稍微安宁了些。吴厂长说他们会在上海商量应对此事，消除威胁；另外，李义浦也即将赶到工厂。民众并没有明确通奸的人是哪个，因为人群中流传着许多名字。每个人对这个谣言都有不同的版本，根本无法分辨孰真孰假。李义浦并没有被单独拎出来，工厂的每个男性员工都被信以为有罪。人们对复仇毫无兴趣，纯粹只想免于灾祸。他们也不在乎究竟谁是那个恶人，所有的愿望就是保护自己的孩子免遭厄运。但王婉秋深信是宝珠导致了这一切，她要李义浦看清宝珠的真面目。她认为自己的怀疑并非毫无根据，记起当初辞退宝珠时，宝珠一声不吭转身就走。她若不是心里早已有了计划，怎么会就那样离开了。她的果断相当不合情理。王婉秋想，宝珠一定对李义浦提出了什么要求，所以李义浦才一早便离开了。如果不是这样，他怎么会什么都没交代就走了？或许是自己的谎言无意间击中了什么，或许自己的话令宝珠恨起李义浦，才这样寻求报复。王婉秋并没有太关心工厂遇到的麻烦，她更想向李义浦揭露宝珠的卑劣。而且，即使工厂出了什么事，那也是因为李义浦对她不忠，她那晚亲眼见到这对男女私下相会。现在发生的一切都是对李义浦的惩罚，王婉秋从中得到了满足。

人群已经聚集了将近一个小时，但铁门仍牢牢将他们挡在外面。尽管他们商量着如何爬墙，但没人真的这么做，因为没人想带这个头。村民们也害怕"共匪"有枪，贸然闯入，恐被射死。无人关心消息从何而来，但纷纷交头接耳地说，因为厂长不在，没人敢开工厂的大门，最好还是等厂长回来再说。大家的情绪稍稍平稳了些，嘈杂声也随之减弱。

大约六点，湖边村的十几条船到了。杨保长本以为是援军，结果船靠近之后，他看见第一艘船上赫然站着宝珠、三福和黄老伯。众人均被这新情况所吸引。那些知道宝珠是谣言中主角的人喊道，"是她，是她，她来了"。黄老伯首先上了岸，他站在石栏上，大声对人群喊着："别蠢了。你们聚在这里做什么？这就是个谣言。宝珠没有被解雇。"这么多人中只有少数认识黄老伯，他们更不认识宝珠，自然也不在乎她是否被解雇。这与当下的情形有什么关系？没人把黄老伯的话当回事。老人有些不耐烦，他说："你们在这做啥？你们的姑娘在工厂里安全得很，什么事都没有。"

"你是谁呀？你怎么知道工厂什么事都没发生？我们的闺女都被强奸了，你说这不算回事？你叫我们回去？你还我们女儿！"人群中一个人说道。

"就是，只要你把闺女还给我们，我们立刻就走。我们又没有把姑娘卖给他们，我们不要他们的臭钱，只要我们的姑娘。为什么他们不放人？开门！开门！"

宝珠正要回答，突然路上驶来一辆汽车，分散了人群的注意力。人群大喊着："厂长回来了！"没有人再搭理黄老伯。车里是李义浦。人群围着车让它无法动弹，李义浦不了解发生了什么事，他下了车。突然有个声音大喊："是李义浦，就是他强奸了我们的姑娘。"

"让他偿罪！"有人说。所有人都向李义浦冲去。那些喊得最响的并不是村民，而是镇上的人，他们并没有亲戚在工厂里干活。

三福见李义浦有危险，便冲过去保护他，说："你们谁敢动他一根汗毛，我就跟谁没完。"

人群往后退去，并不是因为三福力气大，而是因为过于惊诧。三福竟然维护他的情敌？不正是这个男人偷走了他老婆吗？他才应该是第一个要找他报仇的人。大家对此困惑不解。和三福一起来的村民上前，挡在闹事的民众与李义浦中间。人群后方又是一阵骚动，有人对李义浦大喊："还我们女儿，我们没有把自己女儿卖给你。"李义浦于是有点明白状况了。大事不好，敌人正试图发动罢工。此刻若是把女工们都送回家，那将意味着他针对敌人进攻所制定的反制措施将遭受挫折，意味着唯一的结局是投降。虽然现在李义浦掌握了基本情况，但他还没有完全理清敌人采取的具体战术。他们如何能如此迅速地发动起村民？他隐约听到人们指控他通奸，但这怎么可能？他们怎么捏造的？更让人疑惑的是，为什么宝珠不在工厂里，而在人群中？这些保护他的人是谁？这一切意味着什么？眼前这情势如何是好？一天之内工厂就发生了天翻地覆的变化，仿佛他离开了十年一般。一切都如此出乎意料。

黄老伯来到李义浦跟前，说："您就是李先生？情况是这样的，有人散播谣言说宝珠被开除了，因为——因为——一些很坏的事情，诬蔑与您有关。这些村民都有闺女在厂里，所以就来想把她们带回去。但是大门一直关着，不允许他们进去，所以就在这儿闹开了。我和宝珠赶来想解释。但是李先生，村民们并非蛮不讲理，您必须给他们个说法。不给说法，只关着大门是没用的。"

"就是，就是。"人群又大喊着，他们都赞同黄老伯这番话。为什么工厂关上大门，不给个说法？宝珠从人群中出来，对李义浦说："今早婆婆来带我回去。她害怕我不跟她走，所以求王先生编个理由。王先生只好说是'吴先生打电话来叫我最好回去'。我一离开工厂，谣言就到处传开了。每件事情都好像是我们的敌人计划好的一样。"

现在，李义浦看清楚了一切情况，如果不驱散暴徒，就什么都做不了。李义浦看到不是所有闹事的人都反对他，就大声喊着："好了，好了，大家都是明事理的人。没有什么事情是解决不了的。那些有闺女在厂里的人，当然可以进来。要是你们坚持把闺女带回去，我们也不会强留。所以请进来，但别粗鲁，我们好好谈谈。刚刚门一直不开，你们别在意。里面的人怎么会知道你们是女工的父母呢？你们这么凶，他们自然也不敢开门了。"

李义浦这番话得到了村民们的理解，他们并不想摧毁工厂，仅仅是想来看他们的孩子。"既然有这样的谣言，我们必须进去看看我们的孩子。现在让我们进去。"

"那些女孩的父母，跟我来！"李义浦朝大门走去，员工们都在那儿焦急地等着他。他命人把侧门打开，拿来工人名册，用以核实进来的确实是女工的父母。

杨保长，也在其中。

第十九章

时间似乎过得很慢。自从王婉秋收到吴厂长的消息说李义浦在赶回来的路上，她就陷入恐慌。李义浦要怎么穿过人群？他肯定会被活活打死。她唯一的希望就是在李义浦到达之前，吴厂长在上海就能解决危机。

是的，她恨李义浦，但那只是表面上的。她心底一直对他怀有慈母般的感情。他们的羁绊比任何东西都深切，即使她意识到李义浦不爱她，也无法解除羁绊。保护他是自己的责任。她要救他，甚至为他而死。她想象自己被暴徒打伤，躺在医院里，李义浦俯身向她说："婉秋，是我看走眼了。你是如此伟大！我爱你。"宝珠卑鄙、无耻、低贱，以如此恶毒的方式报复。而她，她自己，如此高尚。多么鲜明的对比！她重新赢回了李义浦，胜利就在眼前。王婉秋等待着这激动人心的时刻。

随之传来消息，李义浦已经到了，他要看员工花名册。他很安全，毫发未损。王婉秋微微感到失望，她飞快奔出，发现李义浦已经在厂里，身旁是宝珠。怎么回事？宝珠是在威胁李义浦吗？他准备投降吗？她知道李义浦一心为了工厂，牺牲自己也在所不惜。如果宝珠能拯救工厂，他会答应她一切要求。但这是王婉秋无法接受的。她径直向李义浦走去，打算同他解释整件事情的来龙去脉。

李义浦不待她开口便说："王先生，这群人若是这样一直围着，那我们什么也做不了。我打算先分散他们，让那些女工的父母们进来。我要和他们好好商量。"李义浦没有给王婉秋留下说话的机会，他忙着核对名单，让村民进来。"王先生，请帮忙在大厅里招待一下他们。"

李义浦认为，只要人们听他解释，就会相信谣言是假的。他也相信工人们会帮他。这一点上他是对的。然而，帮助他的并非是事情的真相，而是工厂女工们的个人利益。没有人想放弃这份让她们经济独立的工作。过去一年里，她们无须从课堂学习，从自身的亲身体验，就能意识到工厂提升了她们在各自家庭中的地位。从前，那些结了婚的女子总是被婆婆看管和讥讽，如同奴隶一般，但现在，她们回到家里就像客人。她们可以自己买料子，做新衣，不再需要事事顺从丈夫。甚至当丈夫绷着脸的时候，她们也可以一晒了之。为什么？女工们很明白其中原因。是她们挣回去的钱，才能创造这等奇迹。谁愿意回到从前的苦日子？

一旦离开工厂回家，那她们所有的追求、期冀就是一场空了。有些人计划着攒够了钱，去大城市找份更好的工作。有些人算计着再过一年就能还清负债，不用再被利息压得喘不过来气。有些人打算等儿子到了合适年龄，就送他去学堂上学——这一切希望都要眼睁睁地被打碎了。她们怎么能接受长辈们毫无道理地让她们回去的要求？

李义浦安排女工们见她们的父母。起先她们并不知道聚众滋事的是她们的亲人，听闻以后大为震惊，都跑出来问为什么他们会到工厂这里来。

这些父母看到自家闺女以后，大松一口气，好似找回了丢失的宝贝。他们二话不说，抓起闺女的胳膊就走："还好还好，你一点事都没有！快去收拾东西跟我走。快点。"

"发生什么事了？我们在这儿好得很。"

"你不知道？太奇怪了，大家都在讲，你竟然不知道？"

"不知道啥？"

"你不知道宝珠被解雇了？"

"不，不可能。我们今天早上还碰见她。就算她被解雇了，和我们又有什么关系？我们又没有犯什么错。你们怎么这么着急？"

"不，我们不能让你留在工厂里。我们都担心得不行，宁愿不要钱也不能让你留在工厂。"

"可是，你们要说清楚担心什么事情啊。"

"他们说——宝珠在别人的床上被抓到了。——这里没人能干净得了。"

"谁说的，胡说八道！"当然，有些人听到这谣言心中窃喜，宝珠爬得太高了。但是她们又务必否认这谣言，为了自己的切身利益，否则她们就不得不面对后果。没有人想回去，要她们回去是不可能的。

大厅里吵得沸沸扬扬，直到李义浦走到台上平息争吵："大家先请坐，有什么问题可以和我说。"他低头一看，只见宝珠和黄老伯坐在前排，婉秋站在一旁。角落处有人站起来应答，是杨保长，他觉得自己有责任说点啥，毕竟口袋里揣着一百大洋。

"我们来把自己闺女带回去。我们又没有把女儿卖给你们，为什么不让我们带她们走？"赞同声纷纷响起。"就是，我们不需要你的钱。我们不想让她们工作。""我们不能让女孩子留在工厂，这是个肮脏的地方。"

黄老伯站起来，对着大家说："不，你们不能这么说。这是谣言，是谎言。我敢向你们保证，宝珠没有做过这样的事。昨天晚上，我去找她婆婆。因为有人说厂里有共产党，她担心得很，所以今天一早她才会来带宝珠回家。宝珠不是被解雇的，这就是个谎话。"黄老伯只是担心宝珠的名声，他并不反对把姑娘们叫回去的想法，事实上，他是赞同的，而且认为张婶这么做是对的。

张婶也站起来说："我要是说一句假话，就让我天打雷劈，下到十八层地狱。是我求王先生去劝宝珠，告诉她说是厂长的安排。一定是有人偷听到这件事，就散布谣言，诬赖宝珠。我们虽然穷，但是清清白白，我们可以站到老天爷面前发誓，问心无愧。没有一点对不起列祖列宗的。你们说我们什么都可以，但这种事不行。要是还不信我，王先生就在这儿。"

王婉秋现在意识到，这次发难并非宝珠组织的，而是因为宝珠和李义浦之间见不得人的关系被揭露了。当然，她并不怀疑这件事的真实性，也不知道整个谣言是因她而起。

相反，谣言证实了她之前的所见。就算情况一切如常，没有这些突如其来的变故，她要理解所有情况也不容易。为什么宝珠的婆婆突然来接她儿媳回家？她一定是对儿媳和李义浦之间的关系有所耳闻，而自己一定也是被愚弄了很久。宝珠和李义浦的亲密关系想必是有段时间了，否则谣言怎么会传得如此之快？看上去所有村民都认为这事假不了。王婉秋再次怒火中烧，她站在那里一言不发。而此时，杨保长再次狡猾地发难。

"你说你自己来的。好的，那么我问你，为什么你要来？为什么工厂派人去找你？"

"不，我谁都没有碰见。我自己来的，你可以问问航船主。"

"这事无须争论。把俞柏森叫出来，你们问问他是谁派他去村里，又为什么要去。你的儿媳被解雇是因为她和李先生见不得人的关系。不信我的话，就去问俞柏森。"

李义浦看着王婉秋，想逼她否认此事。她负责相关事务，一定知道这不是真的。如果有人派俞柏森去，除了王婉秋不会有别人。但这是不可能的。突然，李义浦意识到这不可能的事情可能真的发生了。他想起昨晚王婉秋伤心不已，而他又和宝珠独自谈到很晚。这或许就与目前的骚乱有关。他打探地看着王婉秋，希望从她口中得到答案。

王婉秋感到一阵寒意直从背脊上透下来。她浑身颤抖，脸色惨白。而宝珠已经没有耐心，她请求道："王先生，这是真的吗？"这话如同刀割在王婉秋身上一般。她是真心努力地要保护李义浦，她试图否认这个问题。如果宝珠表现得足够胆怯，值得她的怜悯，她就会像一个英雄那样把自己送上十字架。但瞬间冲动的报复情绪使她不计后果。她知道这不是她对宝珠、李义浦和工厂，而是对自己的最后的话。她将与所爱之人诀别，结束这一切。她开始说话："是的，我派俞柏森去找你婆婆。"

气氛急转直下。李义浦从未严肃考虑过他个人和流言的关联。它太荒谬了。当他听到王婉秋的话之后，面色也瞬间变得惨白。王婉秋竟然背叛了工厂，背叛了朋友，就因为他拒绝了她。哦，女人，蛇蝎心肠！李义浦捶着桌子，大声喊叫以维持秩序，然后他转向王婉秋，就像法官审问证人："你为什么要派俞柏森去找宝珠的婆婆？"

王婉秋彻底失控，她没有意识到自己正站在众人面前，只想到昨天晚上自己站在李义浦办公室前的树下那一幕。她努力往前看，但什么都看不到。

"问你自己，难道要我去揭露你的秘密吗？"

"婉秋，你疯了吗？你在说什么？"

"现在没有什么好说的了。不要怪我。你自己说，昨天晚上你和宝珠在你办公室里面干什么啦？"

这对在场的人来说太显而易见了。大晚上和宝珠单独在一起能干什么！这证实了杨保长散布的宝珠在李义浦床上被抓的说法。张婶一头昏倒，黄老伯干摇头，事情已经超出了他能控制的范围。杨保长站起来，带着嘲弄的表情说："好了，好了，不要再问了，让我们把自家闺女带回去，宝珠到底是不是被强奸与我们无关。"他面向村民说:"快点,我们走。"人群开始骚动,他们不再需要更多的证实了。把女儿还给他们,他们这就走。

宝珠没有被吓倒,她大喊:"大家等一下!李先生,纸条还在吗?"这使李义浦镇定了下来,村民则感到惊讶纳闷:整件事的结局已定,还有什么别的?什么纸条?

"在这儿。"李义浦拿出昨晚三福写的纸条,他说:"等等,我可以告诉你们昨天晚上发生了什么。现在是向你们坦白一切真相的时候了,大家听着!"

听了王婉秋的话后,三福早已目瞪口呆。他也认为事情的真相再清楚不过,一切已无法挽回。但看到李义浦拿出他的纸条后,三福意识到整件事都是因他写的纸条而起。实在太愚蠢了,他竟一而再再而三怀疑自己的妻子。他想向宝珠道歉,但在众人面前他什么也不能做。宝珠注意到三福的变化,她为此欣慰,却同时感到受伤和失落。一堵无形的墙把她和丈夫隔开了。在她面前,李义浦和她的丈夫形成了鲜明的对比,一个坚定地站在她身边,另一个则怀疑她,在她的敌人和朋友之间摇摆不定。当然人们都在听李义浦讲话,全然没有注意到这些。

"昨天晚上,宝珠来我办公室是为了送这张纸条。因为这是机密,我们不能让第三个人在场。"

"什么纸条?"

"这张纸条是宝珠的丈夫三福写的。他告诉了我们一个重要的消息——他就在这儿。"

三福站起来说："是的，这是我的纸条。是我让宝珠跟先生汇报的。"

"纸条上写了什么？"

"重要消息。三福得知他的师傅储老板，和史扒皮一起密谋搞垮工厂——"李义浦大声念了一遍纸条。村民们沉默地听着。李义浦念完之后，他们深吸一口气，议论纷纷。"又是那个卑鄙的扒皮，但是他为什么要对付工厂？"

李义浦注意到村民们已经动摇，转而支持他，他接着解释说："你们都知道史大爷是什么人，是个扒皮。这很好。由于我们预先支付给你们蚕茧的款项，所以他再也没有机会扒你们的皮了。他对工厂恨之入骨，恨不得除之而后快。"有些村民听了直点头，有些还将信将疑。

"而且，由于你都以高价把蚕茧直接卖给工厂，"李义浦继续说道，"收茧商从你们这儿再也捞不到好处，所以要攻击我们。你们不再用老式方法造丝，收丝商也要失业了。他们也要攻击我们。因为我们借钱给你们，教你们养蚕技术，保护你们的利益，你们今年的收入整整比去年翻了一番。现在他们散布流言，制造恐慌。我理解你们的感受，也不反对你们来接姑娘们。如果工厂是个不干净的地方，请你们烧了它，如果我真的通奸，那也请把我杀了，但不要被扒皮耍了。如果你们今天把姑娘们带回去，工厂就垮了。我们已签好售丝合同。你们要罢工，我们就完了。他们随即会来接管工厂，不会借钱给你们，不会保护你们的利益。他们会将你们的姑娘变成奴隶。谁来承受这样的后果？我们所有人！现在一切为时不晚，决定权在你们手中。只有你们自己能够保护自己的利益，也只有你们自己可以毁灭自己。如果这是你们的所求所愿的话，就回去过以前暗无天日的日子吧。我让你们来决定。"

李义浦的每句话在村民们听来都确凿可信，但仍然没有比流言更真实。他们都看着杨保长，看他会说些什么。可杨保长知道李义浦说的都是真的，他还有什么法子反驳他呢？他知道三福听到了整个计划，所以只能结结巴巴，支支吾吾。三福突然想起来杨保长早上来过师傅家，就是从他嘴里，三福听到关于妻子的谣言。杨保长是他的敌人。三福再仔细一想，记起来了，不正是杨保长和师傅在那儿讨价还价吗？三福不知道如何把事情原委说清楚，他被压抑得太久，只想打一架，宣泄情绪。三福扑向杨保长，抓住了他。

"别，别这样，三福。"李义浦把三福拉开。

"他——就是他，他早上来找我师傅，"三福没有松手，他对着杨保长，"大声点，你到底在我师傅屋里做什么？赶快招了！"

杨保长没有料到三福会动手，迅速往后退。三福手一滑，只勉强抓住了他的长袍，长袍被撕开了个口子，掉出一个信封。杨保长推开三福，赶忙要捡起信封。但三福眼疾手快，抢先一步抓起信封，一把撕开，一沓钞票掉在地上。

"是钞票，是钞票！"所有人都激动起来。

天色已经暗了，大厅里昏黑一片。村民们都挤着上前，看到底这些纸币是什么样的。

李义浦意识到真正的转机来了，他拉开三福，捡起钞票。"大家先坐下。现在一切真相大白了，不要威胁他，让他自己坦白。"他指着杨保长说："你交代吧。"

杨保长惊慌失措。他知道自己跑不了了，每个人都要对付他。要是不说实话，就会被打一顿。"好好好，我都招了。是储老板让我散布谣言说工厂是共产党办的。他们要吓唬大家，好让工厂收不上茧。昨天我照办了，但是没有人信。今天早上，我碰见俞柏森来村里，听他说宝珠被解雇了。我想这可是个更好的威吓，所以就传出谣言。这钱是史大爷给我的。就是这些。"

李义浦继续说道："大家都明白了吗？"四下已漆黑一片。他朝门走去，打开了灯。房间重新被照亮了。光明照亮了一个新世界，映照出黄老伯脸上洋溢的笑容，抚平了他深深的皱纹。

但在光明之中，王婉秋却消失了。

第二十章

"一切都毁了，连着一切冲突和愚蠢都毁了。"婉秋神情恍惚，喝完杯中最后一滴咖啡，她说道，"通先生，时候不早了，我们走吗？"

我一路陪着她，这是一条漆黑荒凉的街道，路上连一个鬼魂都没有。到了拐角，她低声对我说："我知道路了。"

我便与她分开了，我知道她早就找到了路。

编校说明

1938 年春季，费孝通先生进行了博士论文答辩。之后数月，他需对论文进行修订。闲暇时，他做了一些轻松愉快的事。其中一件，便是在其业师之一弗思（Raymond William Firth，1901—2002）的乡村寓所南英乡间"桑谷村"（Thorncombe）写作这部英文中篇小说《茧》（Cocoons）。同年 6 月 20 日，他将这部手稿作为礼物，呈给他的师母"亲爱的弗思太太"。《茧》一书手稿一直被弗思夫妇珍藏着，如今被收藏于伦敦经济学院（LSE）图书馆"弗思档案"（Firth Papers）中。

《茧》从未出版，译为中文后，仅约 65000 字。作为文学作品，它含有不少想象成分，却不完全是一部虚构之作。这部富有纪实内涵的小说，刻画了 20 世纪 30 年代中期苏南乡村一家新兴制丝企业与地方社会的关系图景。"原型"来自作者对江村展开的细致研究，而《茧》堪称其名著《江村经济》核心部分（有关江村蚕丝业与社会变迁的章节）的"文学版"。

此书叙述的故事，与费孝通先生的姐姐费达生及其人生伴侣郑辟疆自 20 世纪 20 年代中期起在开弦弓村一带推动的蚕丝业改革有着密切关系。

作为费达生与郑辟疆共同事业的"局内观察者"，费先生对这项事业在推进过程中面对的问题展开了社会学解析。他指出，这项事业是由乡土传统内部生长出来的，不同于由外而内推动的文化变迁。要使它得到有效推进，行动者既须适应现代文明（尤其是备受重视的现代科技文明），但也不必作茧自缚，而应在实践中求索，尤其是应认识身在其中的"当地传统"（特别是乡土中国的关系和权力的模式），并对之善加适应，否则，这项事业将不仅无法破茧成蝶，而且有可能被其他种种"方案"（如当时已出现的空想社会主义和国家经济统治制度"计划"）所吞噬。《茧》这部小说即透露了费孝通的上述重要思想。

《茧》既有重要的文学价值，又有历史和社会科学价值，对于我们认识20世纪前期"乡土中国"的面貌，了解当时同时存在的种种新旧传统、思想和行动的本质特征与问题，理解一种社会思想的生成，都有着重要意义。

手稿2016年由我的学生孙静在"弗思档案"中找到。孙静归国后不久，即开始对它进行翻译。后来，因有完成其博士论文田野研究的任务，不得已在翻译完全书前10章后"半途而废"。余下10章由北大哲学系博士生王燕彬接续译完。之后，我花了不少精力，对译文进行了校对和修订。

在翻译校订过程中，我们这个"小团体"遇到不少难题，其中最为突出的，是译文的遣词造句、行文节奏的把握。在这些方面，费先生均有鲜明的个人特色，我们需尽可能在保障译文准确性的前提下，使表述接近他的风格。然而，这却是个大难题，我们只能勉力而为。

除此之外，还有不少技术性困难，我们只能"大胆"地进行相应处理。

1. 人物姓名。要把原作中的英文人名转回中文，使其符合小说人物的性情和"韵味"，我们经常需要猜测。除了"Precious Pearl"明显可以译为"宝珠"之外，其他名字，如 San-fo，我们权且译作"三福"，Wang Wan-quai，译作"王婉秋"，Wu Ching-non，译作"吴庆农"，Li I-Pu，译作"李义浦"。

2. 人物称谓。如"Grand Uncle"，从前后文看，这个概念显然不是一般的称谓，它在苏南方言中视不同情形或被称为"老伯"或被称为"老娘舅"。概念是从亲属称谓引申而来的，指的却是地方上有名望的"和事佬"。而这也是费孝通先生在《乡土中国》中给予解析的维系乡村礼治秩序的"长老"。在翻译校订时，我们沿用了人物称谓的地方习惯，及费先生的"社会学引申"。

3. 地方名物。小说中多次提到"service agent boat"这种船只。从《江村通讯》到《江村经济》，费先生都用"航船"来称呼这种交通工具。然而在编校过程中，我却感到"航船"不见得能充分体现费先生所用的"service agent boat"的意思。"航船"仅表现这种特殊船只的交通属性，不能与一般船只相区别，而费先生笔下的"service agent boat"，却明显意味着一个区域性的水上"买卖制度"。在《江村通讯》中，费先生说，"航船"这种东西，构成一个比"店"更重要的网络。开弦弓村依两条河流而成，而这两条河流也是两个"买卖区域"，"航船"正是这两个区域的核心。"航船"可以乘坐，也起着代买代卖的作用，但其收入不来自佣金或工钱，而来自丝和米的交易。"航船"主经手"主客"丝米的出卖，从中收取一定费用（《费孝通文集》第一卷，第 372—375 页，北京：群言出版社，1999 年版）。"航船"的这一运作方式，不免令我对这个词语中的"航"字产生了疑惑。后来经多方询问才了解到，"航船"被当地人理解为"行［读 háng］船"，其中"行"字所指，大抵与费先生所说的"买卖制度"有关，"行船"为联系市镇货航与村社家户的船只，故亦得名于商行的"行"字。为了使《茧》中文版保持与费先生已发表作品的一致性，我们保留了"航船"这一名称，但我个人也拟在此给"行船"一词留有一席之地，以期来日进一步考证和研究。

王铭铭

2020 年 5 月 20 日

附 录

江村通讯

一　这次研究工作的动机和希望

在离开北平的时候，我允许社会研究社的朋友们，继续我的《桂行通讯》，来写《江村通讯》。在这种通讯的方式中，我们可以记述种种个人的经验和遭遇及一切未确立的假设和事实。这一类记述在正式的专刊中是没有位置的，但是对于其他想做同样工作的人，有时却有不少帮忙的地方。还有一点就是朋友们大家关心着一个在实地研究的工作人员，这种通讯正可使他们获得希望着的消息，同时亦可受到一些劳力工作的刺激。所以我允许继续写江村通讯。

这次研究的动机有两个。一个是在我私人方面的。我在广州病院中寄给社会研究社朋友的信中，早已说过。我在广西没有死成，生命对于我自己已成了一个很重的担负。我觉得除了工作之外，再也得不到一些人生的乐趣。同惠为我而死，我是永难忘怀。但是我硬着心肠，忍着眼泪，还敢迈步入世，是为了我相信在工作上，我可赎我的罪。若是死后果能重逢，亦能絮絮道着我们别后的情形，不觉得亏心。

我也在那封信上说过，我愿意在我的一生中完成一部《中国社会组织的各种形式》的丛书。现在花蓝瑶社会组织已经在我手上写就付印，在旬日间可以竣事。我觉得已没有理由再滞留在不工作的状态下，所以我就计划着这一次研究工作。

第二个动机是出于有些人觉得民族志的方法只能用于文化较简单的"野蛮"社区，不能用于我们自己本地的"文明"社区的误解。在我们看来这是一种错误的见解，因为事实的本身无所谓"野蛮"和"文明"，这些名词不过是不同族团相互蔑视时的称呼罢了，在民族学中是不能成立的。但是我们却承认一点，就是研究者很不容易获得一个客观的态度来研究他们自己所生长于其中的文化。不容易确是不容易，但是并不是不可能的。而且一个有相当训练的研究者，在研究自己生长的地方时，亦有特别便宜之处，在语言上、访问及观察的机会上都比一个外地人方便。一切有利益的事没有没有害处的；有害处的事，也没有没有利益的。有利有害全是局中人自己的用心挑取。

说话总没有事实强，我觉得要打破上述的成见，只有由我来用研究花蓝瑶时所用的方法，去研究一个本国的乡村。若是我能有相当的成绩，这成绩就可以证明我们的方法是可以用来研究不同性质的社区。

我这次研究并不受任何机关的嘱托或津贴，完全是私人性质的。这里我愿意提出一点，研究者应有的态度，就是把研究兴趣作主，凡是一切关于名义、经济等等事务上的事情，永远应当看得很轻，看成我们的工具，不应成为我们的目的。我们的目的只有一个，就是增加知识。这话看来好像只是"品格"上的问题，而不知道事实上对于研究的本身亦有很大关系。

我记得有一次和李景汉先生谈话，他问起我，依我过去一年的经验，哪几点是实地研究者应当常常留心的，我的回答是研究者应常忘记研究的结果是要编报告出版的。我不是反对研究者编写专刊，只是在研究过程中不应专以编写为目的。社会研究不比其他一定有收获量的工作，而且从工作开始到完成又不能有一定的时间。若是一个研究者在有一定限制的时间中，一定要结束工作编写报告，诚实的，不能详细地校核自己所得到的材料，出版不成熟的作品。不诚实的，不能不牵强事实，或甚至制造事实，写成与社会研究有害的东西。所以一个实地研究者最好不负"报告"的责任，使他能够跟着自己的兴趣去获得充分的认识，等到所认识的已有了系统，有了可"报告"的时候，才编写他的报告。一个实地研究者时常会受累于名义、经济等事务上的事情，如何避免这种累赘，是社会研究者一个严重的问题。

我因为意外地得到两个月的"余暇"。上天给了我一个作"除获得知识之外毫无其他目的及责任"的研究机会。于是我决定开始这次工作。我所要研究的是一个中国乡村社区的社会组织，依我们已有的知识来说，并不是一律的。我们可以说在中国本部并没有一个"一般的""标准的"乡村社会组织的形式。但是我们不能回答究竟有多少形式，亦不知道各种形式差别到什么程度，更不知道各种形式间的关系如何。现在，我们所可以做的就是在实地的观察中先把各地的状态加以描写叙述，然后等到将来这种材料充足之后，再来分别形式。我目前想做的只是第一步的开始。

研究者在选择他工作对象时是很费考虑的。在一个人能力、时间、经济的限制之下，他要范围自己工作的对象，使他在这范围内能得到充分的认识。我这次工作为时两个月，同惠死后，也没有人能帮我做这种"不一定有结果，而且会逢到不能预知的牺牲的"工作，经济上也限制我自己很小的准备，所以我不敢做得大，只能以一个村作单位。

选择对象时，还要考虑到入手工作的方便问题。像我这次工作有了时间上的限制，更不能走到一个"须学习之后才能通话"的地方，也不能到一个"须住久之后才能自由访问、观察"的地方。所以我须选择一个我一去立刻可以开始工作的区域。因之我决定来"开弦弓"。开弦弓是江苏省吴江县震泽区的一个村，离京沪线上的苏州有60公里。我的姊姊曾在这地方开始她的"复兴蚕丝业"的工作，她和这地方的关系已有10多年，没有一家农民不信任她。由她介绍，我可以得到很多的方便。

吴江县从经济的基础上来分可分为三区，一是以米业为主的区域，一是以绸业为主的区域，一是以丝业为主的区域。震泽镇是丝业区域的中心。开弦弓是属于震泽区的一个乡村。关于开弦弓村的区位，我希望下一次通信中可以大略一述。

从苏州到震泽的路上，在和熟悉开弦弓情形的人谈话里，我已听到这地方的社会组织和其他区域不同的地方。因为它的经济生活是以丝业为主，所以在两性间有严密的分工，妇女不常下田的，农业是男子的事，工业是女子的事。这当然是一件极有趣的事实，而且就在这种社会组织中，有和花蓝瑶相似的人口节制的习俗，他们也是限制每代一对夫妇。我还不知道他们的婚姻制度如何和这习俗适应。希望不久可以在通信中先提到这事实。

1936 年 7 月 3 日于震泽震丰丝厂

二 航船和江村的区位组织

上一次通信中我说希望在这一次通信，能把我所要研究的开弦弓村的区位作一个简单的叙述。我理想中拥有300多户的村落及1000多户的邻近村坊的开弦弓应当是一个零售区域的中心。在我到达的那天下午，我就偕同一个本村的向导巡视全村，我希望能见到一个"市中心"，但事实却全和我理想相反。

我巡视的结果，只见到三四家卖香烟、火柴、香烛、纸钱、零星食品杂货店，三家打面及兼做杂货的店，一家药材店，两家肉店和两家豆腐店，这数目显然不能供给全村人民零售需要，更说不上供给邻近各小村的买卖。

就是这事实提示了我，在这现象背后一定还有一种买卖制度在活动，在和当地人民谈话中才知道："这些在村坊上的杂货店是只在有客人来航船已经开了，等着用时才去做成它的。"在他们社区组织中，比"店"更重要的是"航船"。

于是我就进行观察他们的航船制度。

开弦弓村是依两条河流而成，两条河形成一个"丁"字。其实在区位上是可分成两个买卖区域，因为走横河的航船是不走纵河的，走纵河的航船是不走横河的。

每一个区域中有两只航船，每天朝 7 点钟左右，这两只航船开始活动。他们用一个大螺壳当号筒，呜呜地吹了两遍到三遍，走横河的就从东头起航，"摇航船"的嘴里叫着"嘎嘎"，两岸的人家拿了油瓶酒罐在沿河等着，"××，替我打 200 钱油"，"××，替我带两个皮蛋"……摇航船的就把船靠一靠，伸手接了钱和瓶，"××，不要什么别的东西了罢？"

这样从东头到西头，一路把两岸人家这天所要买的东西一一记在脑子里，他们是不用笔记账的，事实和时间不允许他们记详细的账。钱堆在橹下的槽里，也不分着人家，看看似乎乱得利害。

若是有人要从开弦弓"上街"的就下船，摇船的还要打招呼："××，上街去，田里辛苦了，去逛逛了？"

我说过走横河里有两只航船，它们并不是各占一个区域的，谁同哪一只航船有来往的就劳谁的驾买东西。它们虽则在性质上是竞争的，但是到了西头，若是坐客少，两只航船就"并船"了。

他们并不专代买及运送乘客，同时也可以代卖。若是有人家有只羊想出卖，同样地等船过时叫着"××，我有只羊替我带上街去"，"你想卖多少？""五六只洋，你看罢。"于是羊就牵上了船。

代买代卖及乘船都不必付佣金或工钱，坐客下了船可以不费一个铜子，一直坐到震泽。托买两个皮蛋的，照市价算钱，不必加一加二，完全是服务的。

船摇出了桥，坐客中年轻的就起来摇船了。"摇航船"的并不一定要"摇"，摇船是坐客中一部分人的义务。"摇航船"的坐在后梢，把酒瓶油罐放在一个篮里，钱也理一理，但是并不数，也不算，只在脑子作一盘算，哪一注是要给酒店，哪一注给油店，哪一注给粮食店……船到了，走熟的酒店、油店派了伙计来接，领了篮，和摇航船的一同到店里，听他哪一瓶要几斤，哪一瓶要几两，伙计就依着支配。摇航船的事办完了就一路收了回船。大约在下午1点钟左右。

既无佣金又无船票，摇航船的靠什么过活呢？摇航船的收入名义上只有两项，一项是丝，一项是米。他经手着"主客"丝米的出卖，若是甲家平时托甲船买东西并常常麻烦他的，出了丝和米也有一种托出卖的义务。每4车丝（约100两值25元左右），出卖后要给航船钱大洋1元；粜出米1石（值7元左右），给航船钱5分。这一种算法有类于直接税的性质。取费的原则是以生产量为分配原则，而不以消费量为标准。

他们不但是经营的经手人，而且会根据商场的需要来指导农民，甚至教他们如何在丝中夹纱，如何加湿，以获高价。我在航船中就帮摇航船的扎结将出卖的丝。他们熟悉市场和价格，他看着丝的性质来分配出售的地方。"××，你的丝这样糙，只有××肯收的"，"××，你的丝太湿，晒一晒，不然，打折扣过火，得不到好价钱的。"

农民一年的收入，因为在所谓"农村破产"的情形之下，常常不够一年的支出，不够支出的重要表现是缺粮食。收获的时候，他的米一定要粜了才够回租，到了秋天，家里剩的米就不够吃了，在这情形下，一定要一个信用制度，航船就兼营这信用工作。

航船和市上的米行都很有交易，同时也深悉农村每家的情形。缺米的时候就由航船去"赊米"，赊米是由米行先给米，等收获后再付款。赊米的价钱较原价高，7 元 1 石的市价，赊价要 12 元。但是这比高利贷的利钱已经便宜得多。

农民可以欠"信用合作社"的借款，但是不能欠航船代赊的米，因为和航船熟，面子过不去。而且以后还要靠他赊，每天要托他买东西，怎好意思拖欠呢？

我没有调查到每年航船经手的账目，只在摇航船的肚里，连他自己也没有一个结算，他只能说，"经手买杂物，一天多时也有三四十元"——丝米不在内。

有人想在开弦弓设立消费合作社，但是招不到社员。这是很明显的，有这样搭配得极好的航船制度，消费合作制度是不易代替的。

这里所述的航船制度影响于太湖流域的区位组织极大，在震泽这一带地方，几乎每一条村，都有自己的航船直接到震泽来做买卖。开弦弓虽是一乡的主村，但是在经济上不能作一乡中各村的中心，连本村都不能造成一个市场。这方面的情形，我希望下次还有机会详述。

1936 年 7 月 8 日于震泽丝厂乘航船回开弦弓之前

三 人口限制和童养媳

在下乡的船里，熟悉开弦弓情形的朋友和我说："花蓝瑶人口限制的习俗，在开弦弓也有的。"我听了当然特别感觉到兴趣，所以在第一次通讯中已经把这话提起了。听来的话，不经自己亲身校核，总是会发生误会的，这种误会并不是在说的人有意骗人，而是在"把一个事实，隔绝了它在整个文化结构中的处境时"，总不免有"夸张""过分""轻视""不及"等等的毛病。一个研究者最重要，也是最难的，就在权衡一事实在整个文化的分量和规定它的地位，这种工作除了实地观察之外是永远不易做到的。以前"进化学派"的人类学者所以后来被人攻击得体无完肤的原因也就在这里。

若是说花蓝瑶人口限制的习俗亦见于开弦弓，这句话是不错的，因为的确开弦弓的人民有很多只留养两个小孩，多了就杀死或给人。但是在花蓝瑶中是没有人家留三个以上的小孩，在开弦弓则不然。在花蓝瑶中谁家一代中有了两对夫妇，非但全社会都要笑他们，连他们自己也不知什么办法可维持这两对夫妇。但是在开弦弓则不然，谁家有两三个以上的孩子，人家都很看重，说"他们家阔，养得起多人"。

而且开弦弓社会组织有分家的办法，也有合居的办法，孩子多了也不成"社会问题"。所以花蓝瑶和开弦弓两地的习俗就不能相提并论。把不同文化中貌似相同的社会制度来相提并论，甚至假定它们有"同源"可能的"比较方法"，很显然是极易"不合事实"的。这正是比较学派失败的要害。

若是明了开弦弓人口限制，我们不能不一察和这习俗相关的种种事实。我在第一次通讯中已说过吴江县可分为三区，一是产米区，一是产绸区，一是产丝区。这几区不但主要产品不同，整个社会组织也不相似，不相似的地方固然很多，有一点很重要的是两性的分工。在产米区中男女大家下田工作，在产丝区中女子除了帮踏水车外是不下田的（产绸区的情形不知道）。开弦弓是属于产丝区。

在产丝区中女子的主要生产工作是养蚕和做丝。本来养蚕做丝和种田并不是十分冲突的。养蚕做丝在阴历五月中可以结束（蚕忙是从四月初立夏起到月底完），田忙是从夏至起至五月底。所以分工的原因并不能完全归之于蚕丝的发展，我认为耕地面积的狭小，亦有密切的关系。据乡公所的调查，4亩以下人家有75.8%。据农民自述一个男人可以不用帮忙耕田8亩，所以普通人家"田里是不很忙的，一个人耕还是很空，除了天旱要人踏踏车"。女子不必下田的情形造下了女子不下田的习俗。若是你初次到这地方，你一定会很奇怪，成年的妇女，不论在河边洗衣，在家里烧饭，大家都穿着一条裙，"我们乡下的风俗好，女人都穿裙的"，这正是两性分工深刻化的表现。

养蚕时每家有一定的数量，这数量是受制于房屋。普通的人家有一间正屋和两间卧室，一间厨房。养蚕就在正屋里，大概可放5个蚕台，合6张蚕种，3个人工已足。一共可以出150斤茧，240两丝，合价60元左右。养蚕时男子是帮忙的，所以一家若有一个或两个女人，已足经营一家的蚕事。

在分工上看，并不是两性平均的分配，而是男多女少的比例。所以农民和我说："我们这里女人是很闲，没有什么事，只管管孩子、烧烧饭。"不错，妇女的工作是减轻了，但是妇女在社会价值上却也减轻了。杀女婴的习俗自然会产生的。

现在我的统计工作尚没有完成，所以说不出一个确数，但是在谈话中却得到了不少提示，"我们这里很少人家有两个女孩子的"，"他们生了女孩子不杀死，就送人家当养媳妇去"，有一次谈话中一个农民笑着说，"真的，我们这里女孩子没有行二的"。当然，这也是夸张的话，我在户口册上见过有两个女孩的人家，但是这些是有钱的，普通一家留一个女孩却是事实。

这里又来了一个打算，在他们的婚姻制度中，同宗的男女是不能通婚的。自己辛辛苦苦养大了一个女儿，总是要给人家去当媳妇，一样费钱费唇舌，何不领大一个女孩，长大了可以在家工作的呢。于是他们宁可把自己女儿送给人家当养媳妇，而自己去领一个别人家的女儿来做自己儿子的养媳妇。

一方面，他们生了第二个女孩，总不愿意留在家里，免她一死，就给人家。给人家有两种方法：一是给震泽的"堂"里，堂就是公共的慈善机关，收养婴孩的育婴堂；一是给人家做养媳妇。一方面他们也愿意领个女孩做养媳妇，一则可以替劳，二则可以解决自己儿子将来的婚姻问题。

当然，养媳妇制度的详情，我认为尚须深入研究，但事实上养媳妇数目的确多，甚至在一半以上的婚姻是出于养媳妇的，已足以见到这制度的重要性了。

在限制女性人口之下，婚配当然会成为一种严重问题，若是男性人口也同样的限制，问题可以少一些。但是在开弦弓，男性人口的限制比较松，据他们自述，只留一个男孩的是"大多数"，但是也有近一半人家是有一个以上的男孩的。这近一半的"男多于女"的情形也可以引起严重的婚配问题了。

养媳妇制度显然是一个解决的办法。同时产生的是"买妻"、晚婚、守鳏等制度。买妻是向别地方去买女子来做妻子。晚婚是男子到了可婚年龄而不结婚。守鳏是男子死了妻子不再续娶。这些事实将来都可以在婚姻统计中证实的。

我在研究历程中感到困难的就是开弦弓的婚姻并不是以"开弦弓"作单位的，所以很多关于婚姻的事实一定要得到了通婚的邻村的情形才可以明了。关于他们婚姻的范围我所知道的就是他们的女子很少嫁到产丝区之外的地方去，因为产丝区之外的妇女要下田的，而这里的女子没有耕种的知识。要外边的女子虽则是可以的，但是若不会养蚕这女子就不易在家庭中得到地位。

　　一个新娘娶来后第一年，她要养"花蚕"，这一次是养蚕技术的试验。花蚕种是娘家带来，由她主持，若是蚕花不好，她在家庭中就不能得到满意的地位。这风俗已经可以限制产丝区之外的妇女的进入了，除非是童养媳。

　　　　　1936 年 7 月 10 日于开弦弓制丝合作社

四　格格不入的学校教育制度

我记得在北平时有一次和泰初谈话，讲起了山东汶上的私塾制度，据他的意思是说现在教育部所规定的小学教育制度，不能调适于现代的农村，倒不如在他们自己社会组织中演化出来的私塾的能合于农民的需要。在我们译《民族和文化冲突》一书时，看到各欧洲人殖民地的教育，更使我们感觉到我们现在所有的教育是一种造就文化中间人的教育。当然，在东西文明接触中文化中间人的地位有他的重要性，若是我们真的要想欧化中国，造就大量的中间人是必需的。但是另一方面，这种教育即使有功用，而且即使适合于"文化边区"，如现代都市等，在"文化中原"的农村中，没有发生欧化的需要的时候，现代的教育制度自然会发生格格不入的情形，在汶上是如此，在开弦弓亦然。

我到达开弦弓的时候，学校是已经放假，没有机会直接观察上课时的情形，所以我所有的事实是只得之于和校外人的谈话中。

开弦弓的"学校教育"可分成三个时期，第一个是私塾时期，第二个是过渡时期，第三个是新式小学时期。民国初年结束了第一时期，国民政府成立前后结束了第二时期。

私塾有两种：第一种"西席"是由当地的乡绅聘请了个先生教育自己的子侄，附近的亲友可以把孩子们附入。第二种是"开门聚徒"，是由先生自己出面开馆，招收学生，每个学生分任先生的束脩。这两种私塾性质略有不同，前者是以学生为主体，乡绅可以选择他的"西席"，同时请先生的目的是在深造自己的子侄，希望将来可以"入学"出仕。后者是以先生为主体来选择他的学生，而且那些"开门聚徒"的先生常是一辈失业的书生，没有其他办法时，才想靠学生们的束脩生活。学生的出身亦较低，父兄们送他们来，目的也只想识几个字，上上零用账目。所以我们可以说前者是"贵族性质"，而后者是"平民性质"。二者在一社会中的作用亦异，前者是要造成领袖，后者是造成识字的平民。

若我们分析一个农村社会组织，在一般人民，文字的用处是很有限的，在一个不在激变的农村中，所有生活的方法和技术，在自己的社区中已经都完全，他们不需要外来的知识，而且在天天见面的团体中，知识的传递，言语自然比文字为简便而切实。人口流动率低，因地域上的隔膜而利用文字来传递消息的需要当然亦少，而且因为生活安定，除了婚丧大事，也没有很多须传递的消息，所以信札在农村是不常见的。社会不在激变之中，在时间上所发生需要记忆的事非但少而且需要记着的时间亦短，个人的记忆足以适应这种需要，需借文字帮忙之处因之不多。若是"文盲"比了"不文盲"的人在生活上并不吃亏时，当然不愿费本钱来"治盲"了。

我并不是说在乡村中文字没有用处，只是普通人民用着文字的地方很少。我曾问过乡民什么时候要用文字，他们的回答是"记账、集钱会、送份子、写写条子"。文字是乡村中一种专门职业，因一个乡村不是单独成立的，在行政上、经济上，需要和其他地方的人民相往来，在这往来中文字是重要的了。在贩卖货物的店中，账目较繁，不能专靠记忆（虽则我确见到有些小店是没有账的），尤其是有记账及其他契约等时候。一乡的领袖需要较深的文字知识，因为他常负责一乡的行政责任，同时亦是一乡的顾问，一切重要的经济往来，好像买卖田产等都要他做中人立契约，有重要的信札亦须由他代笔。

以前的私塾制度的确是根据着这种社会需要之下发生的，那些贵族性质的"西席"式私塾是专门造就成一乡的领袖，同时亦为较大的地域推荐及调练领袖的候补者，所以在学的时期较长，从六七岁一直到近20岁才能"入学"或出去做事。那平民性质的"开门聚徒"是专门造成一般人民普通的文字知识，年限随学生自己决定，平时若工作忙碌尽可随意不去上学，识几个字就算了。

到民国二年私塾被学校代替了，科举没有了，在家里请先生"教子成名"的精神不免减少了许多，同时外边新学校的制度成立，一切资格都讲什么学校毕业，谁也不愿费钱去请西席了。"开门聚徒"的私塾是要学生供养的，而新式公共学校都不收学资，洋学堂一来私塾不能不关门或迁到没有洋学堂的地方去了。

在这个时期，教育制度并没有标准化，小学教员可以独出心裁来决定教材。开弦弓的小学就由一位做过西席又受过"师范"调练的乡绅主持。他和我追述他当时的教材说："我觉得一个小学毕业生一定得会应付社会上普通文字的需要，在本乡一个毕业生至少要会打算盘，会算'会账'（'会'是一种信用制度，我在下次通讯中可以详述），会写红白份子，会记账，会写条子。所以我到小学三四年级就专门教他们这些实用的事。"

到民国十七年，他不教书了，换来的是新式师范的毕业生。一个在新式师范毕业的人，连自己都不会算会账，不会写份子，这是无可讳饰的，因为这些东西是"本地"社会组织中的东西。我初到这里这些都不通，也是一项一项做小学生般学着。一个新式师范毕业生，大概不见得肯再做小学生来向乡人学习了。他用着标准化的课本来教授。有一次我在航船上和一个小学毕业的乡人坐在一起，他曾说"……那书上说的什么自由平等……"，在他只多几个不切实用，也不了解的新名词罢了。

不但教材上发生了脱节，在教法上也发生了"格格不入"的地方。在私塾制度中是一个一个学生去上书，去背书的，是个别的教育法，所以一个学生若是有几天不上学，回来不会发生"脱课"，只是慢一些罢了。新式的学校是集合教育法，先生把"课堂"当作实体，而且当作连续的实体，他不管课堂里的学生在那里变迁，今天上了第一课，明天是第二课，学期始末的校历也是听着上边的训令，不从了要受视学员的训斥。一切标准化。可惜的是社会组织本身是没有标准化，一方面标准化，结果是"配不上去"。

开弦弓一带乡村的日历是这样：阳历2月到3月是新年，忙着做客人。3月到5月是空闲的，5月到6月是蚕忙，6月到7月是田忙。7月到9月除了一期秋蚕都是空的。9月到10月是收稻，11月到年底是春花（麦、豆、菜之类）。儿童满了10岁就要跟到田里学习，蚕忙时也须帮着采叶看蚕。此外还有一项重要的工作就是割羊草。羊是他们重要副业之一，为了要羊的粪作肥料，所以不是"放羊"的，羊整天关在圈里，儿童出去割了草来饲育。在这种情形下若是要趁他们比较空闲的时候来读书，应当在1月到5月，7月到9月。一共也有8个月。但事实上一面蚕忙、田忙，一面却也"学忙"，等田忙忙过了，学校也放暑假了。秋蚕来了，稻要割了，学校里先生却在一课一课地上书，等春花收好，学校又关门了。

这种"配不上"的结果，在学校方面是缺席太多，在学生方面只要晚了一星期课，又没法去补，谁都追不上去，上课当然没有乐趣，家里既然不把功课看得重，"我们只要识几个字算了，放在家里也闲，不如到学校去倒可以清净些"，学生自然更喜"赖学"了。在这情形下，任你所请的先生读过多少儿童心理，教育效率……学生的程度总是提不高的。

在过渡时代，那位老先生和我说："我知道这种情形，所以总是忙着和他们补课。"其实是在维持个别教育法。但是在标准化、集体化的现代之教育，或是"明日之教育"之下，乡村的儿童，永远是不能获得他们需要的文字知识。

从现代教育中毕业的小学生，很少是能提笔写一张条子，更说不上能算会账。据当地小学教员说，每年毕业生中能在社会中应用文字以满足家庭及社会的需要者，每年不过一二个。

这是平民性质教育的一方面。在贵族性质教育方面是这样，我见到一个在外边高中毕业的学生，我和他谈话中知道他永远没有忘记如何能回到城里去，他去报考银行，投考行政员，乡村已不能收服他。他不再想做这乡的领袖，为地方上办事。"这小地方不能发展"。

在新式的教育中一方面不能供给一般人民所需的文字知识，一方面却夺去了一乡的领袖人物。在这种情形下而想复兴农村是在做梦。

教育是要跟着需要而来的，在开弦弓我看到了另一方面的情形。因为江苏女子蚕业学校推广乡村蚕丝事业，所以在这里成立了一个制丝合作社。这小规模的新式工厂每年有四五万元的产品，给这村人民经济上一个极大的帮助。但是制丝都系女工，而做女工的都要通得一些文字，借文字她们可以易于学习技术。于是女子对于文字都感觉到需要了，在今年小学毕业的九个人中七个是女生。一方面因为女子是不下田的，所以"脱课"可以少，另一方面因为她们在文字中发现了生活上可占便宜的机会。我在这里不能再叙述这种两性教育机会不相等的现象会造成的结果，希望以后的通讯还能讲到。

1936 年 7 月 10 日于开弦弓制丝合作社

五 "分羊"

　　上次通讯里，我讲起现代教育制度和社会组织不能调适的情形，最近我又观察到一种现象，使儿童教育更难发达，这就是"分羊"。

　　留心中国实业的人，谁都听惯了丝业的衰落，丝业衰落最受影响的是以丝业为经济基础的农村。在旧有的中国社会组织中丝业是家庭工业，好像开弦弓以前的情形为例，几乎没有一家不做丝的。他们的技术，因为以家庭为单位，自然不能利用蒸汽机和一切新式的设备，所以制成的土丝在品质上极不讲究。自从国外织绸机器日益讲究，这种粗细不匀，接头频繁的土丝，无法配入，于是土丝的市场只限于国内的制绸业，所需的数量大大减低，加上国外和国内机器制丝的竞争，已到了无法维持的情形。

　　我们试设想一个耕 10 亩田的中产家庭，每亩产米 2 石，家里若有一个母亲，一对夫妇，两个孩子，每年自己消费的食粮至少要 12 石 5 斗（老母亲吃 2 石 5 斗，壮丁 4 石，妇女 3 石，小孩每人 1 石 5 斗）。减去每年下田的肥料价钱合米 2 石半，所余只有 5 石，每石卖 7 元，一年的开销只有 35 元。这是一家中产人家的情形。若是这 10 亩田是租来的，每亩回租8斗，合8石。则每家单单食粮要缺少3石。

在这种情形下，一家的副业成了经济生活的关键。以前开弦弓一带的农民，一半靠田，一半靠丝。他们所谓"种田只谋些口粮，其余都靠丝了"。所以丝业一旦衰落，农村的经济一定要发生变迁，不然只是大家挨饿了。

经济组织的变迁是一个极有趣的研究题材。在这一带，各村的适应方法并不全同，有地方是改变以前的两性分工，本来不下田的妇女也下了田，这样他们若是以前雇工帮种的可以辞退雇工，由妇女代做，这是等于扩充耕地的面积。有地方是发展贩买事业，每年从经商上获取一些利益。有地方是妇女出乡到城里去做工贴补家用，也有地方是设法开拓其他副业，也有地方是改良丝业。各村所采取的适应方法当然不限于一项，但是总有几项是特别发达。

以开弦弓说，重要的适应方法是改良丝业，发展贩买事业，开拓其他副业为主。现在我所要讲的是最后一项，就是"分羊"的制度。据说这是最近10年的事，就是每家都养羊，多则五头，少则一二头。他们并不是出卖羊毛，而是小羊皮，等小羊一落地或甚至尚未出胎，就卖给震泽的行家，每一头已出生的小羊由3元至5元，未出生的更贵。每年一头母羊生产一次，两头到四头不等，所以一头母羊每年可以给养主10元至20元的进益。若一家养两头母羊，每年可以收二三十元，这当然是一注极大的进款。

若是一家没有本钱来买母羊，可以代人家养。代养的责任是供给一年母羊的食料，等生出小羊来，和羊主平分。

羊粪归代养者用做下田的肥料。这就是所谓"分羊"。在开弦弓一带极为发达。有一家分发出去的母羊有40余头之多。

为了便于收集羊粪作肥料，每头每年有4元左右的价值。同时也因为易于管辖，所以羊是终年关在羊圈里的。羊的食料是送入羊圈中去饲育。负饲育责任的是一家中满十几岁的儿童，一个儿童在有青草的时候，每天上午下午都要去"割羊草"。

这种育羊的副业，把本来在家庭经济组织中不占重要的儿童也拖了进去，差不多每天都有工作要做，他们工作的收获，并不亚于父亲的耕田或母亲的育蚕。十几岁的儿童在田忙时要下田学种，并且帮忙，在蚕忙时又要参加，同时又有这"割羊草"的职司，试问还有什么时候来进学校去读书。羊皮的价目愈高，每家养羊的数目也愈多，儿童所需割的草也愈多，学校里缺席的人数也愈高。这种循环关系中，小学制度和社会的经济组织也愈格格不相入。

于开弦弓制丝合作社

六　上山丫头和回乡丫头

除了我们要知道一个地方禁止通婚的范围，时常也要知道他们特别觉得可以通婚及虽不禁止而觉得不宜通婚的范围。前者可以给我们明白这地方"外婚的单位"，后者却可以给我们见到潜伏在广大的可婚范围中的通婚系统，在开弦弓外婚的单位是"族"，族是一群，实出于同一血统或算作出于同一血统的家庭。这些家庭并不限于都在一定代数的宗亲范围，只要在开弦弓不搬出去，这家庭不论隔了多少代还是属于这一族。

在我调查他们族的组织时，曾得到一个回答说是族是五代之内的宗亲所组成的团体。后来我就从分族的事实来校核这句回答的正确性，我问他："你们有没有分族的事？"回答是"有的，搬到别村就分族了"。至于分的详细情形，他更是糊涂支吾。若是族是只限五代，则每代有一次分族，则每个成年人至少会看到自族分裂两次以上。分族的不常见就使人疑惑前句话不正确了。还有一点，若是族每代一分，则族数的增加有如几何级数了，一方我们若还记得他们有人口限制的习俗，若是几代只有一个儿子，一族只剩一家，族和家会合并了，而事实上并不如是。所以我决定第一句回答是不足信，事实上一个宗族的组织决不应专视作血缘团体，它是很富于地域性的。我在花蓝瑶中已见到姓成为地域上的称呼。这些平素视作血缘记号的姓、族等等，一定要明白当地实情才能用，不然，很容易发生误会。

现在我可以讲到上山丫头和回乡丫头了，这是两种婚姻的名称，上山丫头是把女孩嫁给姑姑手里去做媳妇（媳妇在江苏是用来指儿子的妻子），回乡丫头是把女孩嫁给舅母手里去做媳妇，这两种都是中表婚姻。但是开弦弓的人对于这两种婚姻的态度不同，他们说：上山丫头是愈爬愈上的，回乡丫头则越回越糟，不利市的。他们还举了个例说某某娶了回乡丫头（娶姑母的女儿做妻子）现在家道中落，已经不成话了，回头还说"回乡丫头真是要不得，不知什么道理"。

上山和回乡的选择却给我们看出了一种通婚系统来。

当婚姻只限于两个外婚单位之间交换的时候，上山的同时就是回乡，回乡的同时就是上山，因为舅舅就是姑夫，姑夫就是舅舅。分了上山和回乡就是说这上述的"对偶制"是已经过去了。从中国历史上看来我们是曾有过一个时期在中原盛行过对偶制的，好像《尔雅》的称谓表中舅字既是母亲的兄弟，又是妻子的父亲或丈夫的父亲。姑字既是父亲的姊妹，又是丈夫的母亲。我曾发表过一篇对于从称谓制度上所见周族的对偶制的文章，在《清华周刊》，忘了期数，这里不多述了。

我常发生过一个问题，就是从对偶制变化到现在不定偶制，就是许多外婚单位杂乱通婚的现象之间，也许还有一种过渡的制度。在开弦弓的反对回乡，赞成上山的现象中，却给了我不少暗示，暗示着有一个"轮偶制"的存在。若是大家都是上山而不回乡，则等于说甲族女子世世代代嫁给乙族，乙族女子世世代代嫁给丙族，丙族女子世世代代嫁给甲族。是两个以上外婚单位合作而成为最简单的通婚系统。我给它一个新名词称"轮偶制"。

这并不纯粹是我的玄想，我还见到可以助证这假设的称谓制度。在对偶制中姑夫这角色是被舅父遮没了，所以我们《尔雅》中并没有姑夫的专称，现在所用"姑夫"是一种叙述词不是专称，是说"姑母的丈夫"，是两个专称"姑"和"夫"配合而成的，以前没有这种称呼是显然的，丈夫的父亲也被舅父遮没，所以爽性同称。

在开弦弓的称谓中姑夫称"亲伯"，丈夫的父亲也称"亲伯"。舅父称娘舅，和姑夫及丈夫的父亲分得很清爽。要注意的是亲伯一词的两用正合于轮偶制的婚姻方式，因为姑夫就是丈夫的父亲，两个称呼是一个人。

当然，事情是没有那般简单，问时就发生了难解释的现象了。亲伯一词也用来称妻子的父亲，若妻子的父亲是自己的姑夫，他的妻子不就是所谓回乡丫头了么？不就是交换式的对偶制么？但是我们若把几个事实合起来看：一是传统的反对回乡丫头，二是舅和姑夫称呼的分立，三是姑夫和翁称呼的合并，使我不能不觉得丈人之称亲伯是出于称呼的类比作用，就是妻子叫我父亲作亲伯，我亦叫妻父亲作亲伯的类比作用。

我固不坚持我的假设，但是事实上，不论以前如何，在目前因赞成上山丫头及反对回乡丫头已造下了相当的潜伏的"轮偶制度"了。这至少是值得我们注意的。至于是不是对偶制蜕化出来的过渡现象，我们可以存疑不论，且待别的事实的发现。

同时我却记得耀华在福建福州义序村的调查也有"回乡马"的一种制度，等于开弦弓的"回乡丫头"是不受人家赞同的。我想这问题等材料丰富之后，会引我们到很有趣的结论中去的。

1936 年 7 月 26 日

七　离　乡

　　通讯寄出了六次，我因为手头的材料已堆积得不能不把它清理一下，所以我离开了开弦弓，开始我分析及整理材料的工作，这是 7 月末的事。材料的清理时常比材料的搜集更费时间，所以在 20 多天里，才把所得的材料略略地布置妥帖，同时在分析中发现了不少还没有弄清楚的地方，所以乘着我还有几天勾留在祖国的机会重来乡间，补充和校核我已得的材料。

　　当然，这是在我意想中的，要在有限定的时间中完成一个社区的研究是件极为难的事，很容易刚摸着头路，而已没有机会继续下去深入探讨。我这次工作未免就有这种情形，只幸得当地人民和领袖的热忱接受我的询问和观察，所以还能够成一个样子，就自然是侥幸。

　　我个人生性是太急，量也太大，朋友们看见我突然地回来，而我所研究的又是整个村落的社会组织，真是太草率了一些。但是在短短的一月中，我所得到的知识，只就我本人说已是出于预期的了，虽说我是个本乡本地的人，而回去一看，哪一样不是新奇巧妙得令人要狂叫三声！这一个月紧张工作，只令人愈来愈紧张，紧张到惟有离开是惟一的办法。

做过实地研究的朋友，一定会知道研究者过的是什么样的一个"反常"生活。在研究过程中，自己得拘束统制住自己的一言一笑，在发怒时要张着嘴笑，在想狂笑时，得探着头皱着眉表示十分正经。见颜辨色要在不使人讨厌之下去获得人家说出自己所发生的兴趣的话。好像有鞭子在背上，不准你任性一下，这种"做人"在精神上所压迫出来的紧张情绪是简直会令人羡慕到能有和一个人任意地打一场的机会。

研究者非但要能控制人情的环境，同时却又不能支配自己的工作，人家讲得起劲，那是决不能放走的好机会，虽则自己已经累得只想躺，但是为了机会一失不一定能再来，非得挺起精神来应付、来记忆、来分析、来追究。我常说在学校里，我从没有逢到这种强迫自己的事儿，先生讲得起劲，我不起劲，正不妨看看闲景，等精神恢复了，再来听也来得及，甚至不妨说刚才听不懂，再请讲一遍。在实地研究时哪里能这样随便，你不用心听就过了，一过也不容易再来。你精神好时，人家却不好，说不上题目，心里又急，面上又不能露半点。等到人家讲出劲儿，东西南北地说开去，好像天花乱坠，研究者又不能立刻用笔来记，一用笔天花早就变了天边的云彩吹回西山了。

我这样拉杂地写，想吐露一些研究者在工作时心境的状态，也许"做媳妇"也没有那样难。有一次我记得和李景汉先生谈起这种情形，他也同意我的话，一个研究者结果是会发痴的。我在前年也写过一篇短文，题目是《丘，天之戮民也》，因为我想所谓戮民也许就是指这一种把人生看做是一件被观察的东西，而不能再把自己活在里面，真哭真笑的一辈人。读龚定盦的书《金伶》，竟使我有些害怕，曲之高者，真不是闹着玩的。

话说得太远，没有经验过的当然不知道我在说些什么，若是本领更强的或早已超过了这种境界，只有在这边际上的人物才会觉到这种情绪，不幸的就是我老是在"边际"上过活着！

无论如何，我在这一月中在开弦弓得到了相当的认识，而且这些认识也许值得把它写成大家能明了的、能传递的"知识"。我现在就赶着整理材料，希望在我到达异国之前能够结束。

《江村通讯》也就此结束，留着许多已提到而没有写在通讯里的事实，写在将来成篇的文字中罢。我离了我已发生了亲密感情的一村人民，将远远地离开了，我只觉得我失去了一个宝贵的"知识的源泉"，一片亟需开垦的原野。

1936 年 8 月 25 日于震泽丝厂

出版后记

《茧》是费孝通 1938 年用英文写作的中篇小说，长期被封存于作者曾经就读的伦敦经济学院图书馆的"弗思档案"中，2016 年才被发现并翻译成中文。

小说叙写了 20 世纪 30 年代中期苏南乡村一家新兴制丝企业的种种遭际。这家制丝企业通过实验乡村工业的现代转型，希望实现改善民生、实业救国的社会理想，但在内外交困中举步维艰。它既是作者名著《江村经济》核心部分的"文学版"，又与 30 年代左翼文学遥相呼应，对我们理解费孝通的早期思想与时代思潮的关系提供了难得的新维度。

《江村通讯》是费孝通 1936 年在江村（江苏吴江县开弦弓村）养伤和进行社会调查时为天津《益世报·社会研究》撰写的 7 篇专栏文章，相继发表于该报第 11、12、13、19 期上。这些调查记录是作者后来写作《江村经济》和《茧》的重要素材来源，故附录于此，供读者更好地理解费孝通 30 年代的学术历程和思想原点。

生活·讀書·新知 三联书店

2020 年 9 月

《茧》 费孝通 20 世纪 30 年代末用英文写作的中篇小说，存放于作者曾经就读的伦敦经济学院图书馆的"弗思档案"中，2016 年被国内学者发现。这是该作品首次被翻译成中文。

小说叙写了上个世纪 30 年代苏南乡村一家新兴制丝企业的种种遭际。这家制丝企业通过实验乡村工业的现代转型，希望实现改善民生、实业救国的社会理想，但在内外交困中举步维艰。作者以文学的方式来思考正在发生现代化变迁的乡村、城镇与城市，其中乡土中国的价值观念、社会结构与经济模式都在经历激烈而艰难的转型，而充满社会改革理想的知识分子及其启蒙对象——农民，有的经历了个人的蜕变与成长，有的则迷失在历史的巨变中。

《江村经济》 原稿出自费孝通 1938 年向英国伦敦经济学院人类学系提交的博士论文，著名人类学家马林诺夫斯基在为本书撰写的序文中预言，该书"将被认为是人类学实地调查和理论工作发展中的一个里程碑"。1981 年，英国皇家人类学会亦因此书在学术上的成就授予费孝通"赫胥黎奖章"。

本书围绕社区组织、"土地的利用"和"农户家庭中再生产的过程"等，描述了中国农民的消费、生产、分配和交易等生活和经济体系；同时着重介绍了费达生的乡土工业改革实验。费孝通后来多次重访江村，积累了一系列关于江村的书写。江村作为他在汉人社会研究方面最成熟的个案，为他的理论思考如差序格局、村落共同体、绅权与皇权等提供了主要的经验来源。

《禄村农田》 作为《江村经济》的姊妹篇，《禄村农田》是费孝通"魁阁"时期的学术代表作，作者将研究焦点由东南沿海转移到云南内地乡村，探寻在现代工商业发展的过程中，农村土地制度和社会结构所发生的变迁。

作者用类型比较方法，将江村与禄村分别作为深受现代工商业影响和基本以农业为主的不同农村社区的代表，考察农民如何以土地为生，分析其土地所有权、传统手工业和社会结构的异同与变迁，目的是想论证，农村的经济问题不能只当作农村问题来处理；农村经济问题症结在于土地，而土地问题的最终解决与中国的工业化紧密联系在一起。这一探寻中国乡村现代化转型的理想与实践贯穿了费孝通一生。

《生育制度》 费孝通 1946 年根据他在西南联大和云南大学任教时的讲义整理而成，围绕"家庭三角"这一核心议题，讨论了中国乡土社会组织的基本原则及其拓展，其中描述社会新陈代谢的"社会继替""世代参差"等概念影响深远。本书是费孝通的早期代表作，也是他一生最为看重的著作之一。

《乡土中国·乡土重建》 20 世纪 40 年代中后期，费孝通的学术工作由实地的"社区研究"转向探索中国社会结构的整体形态。他认为自己对"差序格局"和"乡土中国"的论述，是这一时期的主要成就。

《乡土中国》尝试回答的问题是：“作为中国基层社会的乡土社会究竟是个什么样的社会。”它不是对具体社会的描写，而是从中提炼一些“理想型”概念，如“差序格局”“礼治秩序”“长老统治”等，以期构建长期影响、支配着中国乡土社会的独特运转体系，并由此来理解具体的乡土社会。

《乡土重建》则以“差序格局”和“皇权与绅权”的关系为中国社会的基本结构原则，在此基础上分析现实中国基层社会的问题与困境，探寻乡土工业的新形式和以乡土重建进行现代社会转型的可能。这一系列的写作代表了费孝通40年代后期对中国历史、传统和当代现实的整体性关照，是其学术生命第一阶段最重要的思考成果。

《中国士绅》　　由七篇专论组成，集中体现了费孝通40年代中后期对中国社会结构及其运作机制的深刻洞察，尤其聚焦于士绅阶层在中国传统社会的地位与功能，及其在现代化进程中逐渐走向解体的过程，与《乡土中国》《乡土重建》等作品在思想上一脉相承。他实际上借助这个机会将自己关于中国乡村的基本权力结构、城乡关系、“双轨政治”“社会损蚀”等思考介绍给英语世界。

《留英记》　　费孝通关于英国的札记和随笔选编，时间跨度从20世纪40年代到80年代。作为留英归来的学者，费孝通学术思想和人生经历有很重要的一部分与英国密切相关。

这些札记和随笔广泛记录了一个非西方的知识分子对英国社会、人情、风物、政治的观察，其中不乏人类学比较的眼光。比如1946年底，费孝通应邀去英国讲学，其间，以“重返英伦”为名写下系列文章，开头的一句话“这是痛苦的，麻痹了的躯体里活着个骄傲的灵魂”，浓缩了他对二战后英帝国瓦解时刻的体验与速写。作者以有英国“essay”之风的随笔形式观察大英帝国的历史命运、英国工党的社会主义实验、工业组织的式微、英国人民精神的坚韧、乡村重建希望的萌芽，以及君主立宪、议会政治和文官制度等，尤其敏锐地洞察了英美两大帝国的世纪轮替和“美国世纪”的诞生，今日读来，尤让人叹服作者的宏阔视野和历史预见力。

《美国与美国人》　　20世纪40年代中后期，费孝通写作了大量有关美国的系列文章，这些文章以游记、杂感、政论等形式比较美国和欧洲，美国与中国。其中，《美国人的性格》被费孝通称为《乡土中国》的姊妹篇，作者透过一般性的社会文化现象，洞察到美国的科学和民主之间的紧张，认为科学迫使人服从于大工业的合作，而民主要求个体主义，二者必然产生冲突；并进一步认为基督教是同时培养个体主义和“自我牺牲信念”的温床，是美国社会生活以及民主和科学特有的根源。美国二战以来在全球政治经济格局中越来越突出的霸权地位，实际是费孝通关注美国的一个重要背景。他晚年有关全球化问题的思考，与他对美国、英国等西方社会的系列观察密不可分。

《行行重行行：1983—1996》（合编本）　　20世纪80年代到90年代中期，费孝通接续其早年对城—镇—乡结构关系的思考和“乡土重建”的理想，走遍祖国的大江南北，对乡镇企业、小城镇建设、城乡和东西部区域协同发展进行实地考察和调研，先后提出了苏南模式、温州模式和珠江模式等不同的乡镇发展类型，以及长三角、港珠澳、京津冀、亚欧大陆桥经济走廊、中西部经济协作区等多种区域发展战略，其中还包含了他对中西部城市发展类型的思考。

本书汇集了费孝通十余年中所写的近六十篇考察随记，大致按时间线索排列，不仅呈现了晚年费孝通"从实求知"的所思所想；某种意义上也记录了改革开放以来中国发展黄金时期的历史进程。

《中华民族的多元一体格局：民族学文选》 费孝通是中国民族学的奠基人之一，从 1935 年进入广西大瑶山展开实地调查开始，对民族问题不同层面的关注与研究贯穿其整个学术生涯。如果说《花蓝瑶社会组织》是用人类学田野调查的方法对民族志研究的初步尝试，那么 1950—1951 年参加"中央访问团"负责贵州和广西的访问工作，则是他进行民族研究真正的开始，其后还部分参与了"民族识别"和"少数民族社会历史调查"，这些工作不止体现于对边疆社会的组织结构和变迁过程进行研究，对新中国民族政策和民族工作的建言献策，更体现在他对建基于中国历史与现实的"民族"定义和民族理论的探索与构建中。1988 年发表的长文《中华民族的多元一体格局》，即是其长期思考的结晶，费孝通在其中以民族学的视角概述中国历史，并提出一种民族认同意识的多层次论，认为中华民族是既一体又多元的复合体。这一对中国作为一个多民族国家在理论层面的高度把握，是迄今为止影响最为深远的中国文明论述。

《孔林片思：论文化自觉》 20 世纪 80 年代末，费孝通进入了他一生学术思想的新阶段，即由"志在富民"走向"文化自觉"，开始思考针对世界性的文明冲突，如何进行"文化"之间的沟通与解释。到 90 年代，这些思考落实为"文化自觉"的十六字表述，即：各美其美，美人之美，美美与共，天下大同。

晚年费孝通从儒家思想获得极大启迪，贯穿这一阶段思考的大问题是：面对信息化和经济一体化的全新世界格局，21 世纪将会上演"文明的冲突"，还是实现"多元一体"的全球化？不同的文化和文明之间应该如何和平共处、并肩前行？中国如何从自己的传统思想中获得文化转型的自主能力，从中国文明本位出发，建构自己的文明论与文化观？

本书收录了费孝通从 1989—2004 年的文章，集中呈现了费孝通晚年对人与人、人与自然、国与国、文明与文明之间关系的重新思考。

《师承·补课·治学》（增订本） 从 1930 年进入燕京大学社会学系开始，在长达七十余年的学术生涯中，费孝通在人类学、社会学和民族学领域开疆拓土，成就斐然。他一生的学术历程与民族国家的命运、与时代的起伏变换密切相关。本书汇编了晚年费孝通对自己一生从学历程的回顾与反思的文章，其中既有长篇的思想自述；也有对影响终身的五位老师——吴文藻、潘光旦、派克、史禄国、马林诺夫斯基——的追忆与重读，他名之曰"补课"；更有对社会学与人类学在学科和理论层面的不断思考。

本书还收录了费孝通"第一次学术生命"阶段的四篇文章，其中《新教教义与资本主义精神之关系》一文为近年发现的费孝通佚稿，也是国内最早关于韦伯社会学的述评之一。